U0462183

星际谜谍系列

星际勇士

柯梦兰 著

四川科学技术出版社

图书在版编目(CIP)数据

星际勇士 / 柯梦兰著. －成都：四川科学技术出版社，
2017.11（2025.1重印）
（星际谜谍系列）
ISBN 978－7－5364－8832－8

Ⅰ. ①星… Ⅱ. ①柯… Ⅲ. ①科学幻想小说－中国－
当代 Ⅳ. ①I247.5

中国版本图书馆 CIP 数据核字(2017)第 271593 号

星际谜谍系列
XINGJI MI DIE XILIE

星际勇士
XINGJI YONGSHI

著　　者	柯梦兰
出 品 人	程佳月
责任编辑	张湉湉　罗　芮
营销策划	程东宇　李　卫
封面设计	王鹏舟
责任出版	欧晓春
出版发行	四川科学技术出版社
	成都市锦江区三色路238号　　邮政编码 610023
	官方微博 http://weibo.com/sckjcbs
	官方微信公众号 sckjcbs
	传真 028-86361756
成品尺寸	140 mm×210 mm
印　　张	9.25
字　　数	185 千字
印　　刷	天津旭丰源印刷有限公司
版　　次	2018 年 3 月第 1 版
印　　次	2025 年 1 月第 4 次印刷
定　　价	49.80 元

ISBN 978－7－5364－8832－8

柯梦兰：一位擅长写科幻故事的严谨科幻迷

著名科普科幻作家　董仁威

　　我是在全球华语科幻星云奖颁奖典礼上认识柯梦兰的，她那天来找我，与我聊得很开心。这是一位对科幻有执着追求，眼睛里充满了梦幻色彩，很朴实的女作家，一个很纯洁的理想主义者。此后，我们虽见面不多，但通过邮件、微信以及她满腔热情地参与我们的华语科幻星云奖活动，我对她的了解日益加深，成为忘年交。

　　在我的印象中，柯梦兰是一个讲故事的好手，因为在创作"星际谜谍系列"之前，她已创作了十几部小说，另外，当时她已参与过两部动画片的前期策划及剧本创作，也写过情景喜剧剧本，同时还在《时代动漫》杂志当过副主编。

　　柯梦兰曾同我谈起过"星际谜谍系列"的创作初衷与创作过程，说她是一个科幻迷，很喜欢看国内外的科幻大片。可是，当时看来看去，都是国外的科幻大片较多，国内的相对来说较少，星际战的更是没看到过。于是，她开始筹备写第一部星际战的科幻小说——《星际谜谍》。

　　有人说，每位作家都有一颗最强大脑，而对于作家兼编剧的柯梦兰来说，更是如此。

　　写星际战的科幻小说，不同于写其他小说，需要找很多关于星系、时空、黑洞、虫洞、类地行星、空间扭曲等各类科普知识

的资料。这些她都不敢含糊，每次找来的资料都要自己先仔细阅览几遍，把里面的科普知识琢磨透了后，再与同是科幻迷的工程师朋友探讨：这样加入行不行？有没有科学逻辑上的错误？直到他们都觉得没问题了，她才会把一些科学理论的知识点，适当地加入小说里的故事情节中。

说起写科幻小说，特别是写星际战科幻小说，如何将外星球发生的故事与地球人的想象思维联系起来，产生可读性是件很费脑力的事，需要超强的想象力。这主要是因为这一类科幻小说中，有些故事情节和其发生地不是在地球，而是在外星球。所以在小说中，必须根据太空星系资料，构筑一个完全不同于现实世界，只属于小说时空中的星际体系，作为小说中正反两派上演精彩对决的外星探险故事发生地。

然而，对她来说，更具有挑战性的是，"星际谍谍系列"小说中所有的飞船体系、战斗体系、黑洞星岛、白矮星及不同的类地行星的生物兽种类、不同的外星人的变形、战斗招数等，都是经过了她的细心策划，并在小说中有身临其境的精彩描述。

记得2012年，柯梦兰来成都参加第三届全球华语科幻星云奖时，她曾与我提过《星际谍谍》。当时，她说已完成了《星际谍谍》的初稿，于是我叫她回去后发部分样章给我看。她回去后，很快就发来了样章，我看后，觉得这部小说写得很精彩，但是，只写一部小说，实在太可惜了。于是我鼓励她写成一个星际战系列的科幻小说。

当时我也就只是这样说说，没想到，现在她竟写了第二部《星际勇士》、第三部《双宇宙的阴谋》，最终完成了"星际谍谍系列"三部曲，其间还写了"罗布泊时空之门系列"两部科幻小说。

前段时间，她联系我说"星际谜谍系列"小说已签约四川科学技术出版社，要出版了。我当时还不相信，因为她平时除了写作，还要管理一个影视动漫谷网站，空了还会写写剧本，我没想到她的这个科幻系列小说能这么快完稿。而且，"星际谜谍系列"第一部小说的网剧剧本也已改编完成。

当我阅览完后，的确让我大吃一惊："星际谜谍系列"小说中，主角探险的行星都是以近年各国科学家新发现的类地行星为原型，小说中大胆地对未知行星的气候、生物种类进行猜测，大胆的构思，超强想象力的描述，让读者有身临其境的外星探险体验。对相关黑洞、白矮星、类地行星的描述，太空知识及光速的计算，都是以相关资料为参考，而并非随意幻想捏造的。

"星际谜谍系列"小说中的角色，个性鲜明，博闻多识、本领超强；故事内容丰富，外星及太空星际战的故事描述详细、场面浩大，武器及外星飞船的功能描述完整，战斗设定细化，再加上精彩和充满悬念的星际战故事情节，能让读者在阅读此书的过程中，更有震撼的身临其境的外星探险体验！

小说中描述的各星球上的外星人，种类五花八门，有黑洞星岛上的 N 斯博士、黑洞怪兽军，白矮星光能兽、光能兽军、Gliese 581c 行星的蛇族人和蜥蜴族人，Kepler－22b 行星的蓝龙兽、黑龙兽两族，Gliese 163c 行星的鱼人族与虫族，HD 85512b 星的原始兽居民、火山能量人等，并对这些生活在不同行星上的外星人的生活习性和它们的飞船、战斗武器都有详细的描述。

最后，我忍不住地想与大家简单分享"星际谜谍系列"三部小说精彩的故事情节：

  第一部《星际谜谍》讲述了一对年轻的中国探险者周勇与叶兰被光能兽抓到白矮星。为救出被抓的白矮星公主，他们被迫去 Gliese 581c 行星、Kepler－22b 行星等探险。他们惊险巧妙地周旋于外星邪恶势力与正义势力间，穿梭于 N 斯博士的黑洞城堡与外星各国。

  第二部《星际勇士》讲述了周勇与星辉公主等众多星际勇士，为了解救因保护 Kepler－22b 行星能量球而被黑洞怪兽军抓走的叶兰，被迫到了 PH1 行星、Gliese 163c 行星、0078 号黑洞飞船探险，追寻叶兰被分离的灵魂与身体。

  面对 N 斯博士的黑洞怪兽军的邪恶势力，来自地球与外星球的众多星际勇士，发挥各自的飞船、战术、战斗力的优势，与黑洞怪兽军斗智斗勇。

  第三部《双宇宙的阴谋》讲述了在 N 斯博士的未知阴谋下，来自地球与外星球的正义的星际勇士，被迫去火星、Kepler－62f 行星探险，最后还是难逃 N 斯博士的阴谋，被困未知的宇宙，重重突围……

  请大家关注"星际谜谍系列"小说！

内容提要

自从叶兰被抓走后，以卡沙为首的黑洞怪兽军为了得到 Kepler－22b 行星上的巨型能量球，想要用巨型能量球把银河系拉入黑洞中。黑洞怪兽军穿越时空，来到地球的未来世界，企图绑架周勇与叶兰在未来世界的儿子——乐乐……

来自白矮星、Kepler－22b 行星、地球的众多星际勇士为拯救叶兰，保护乐乐与地球，驾驶飞船穿梭于火星、金星、地球……

周勇与星辉公主则驾驶光能飞艇，穿梭于 PH1 行星、Gliese 163c 行星，在茫茫星际寻找关押叶兰的外星监狱，同阻挡他们的黑洞怪兽军斗智斗勇。

最终叶兰是否能被救回？乐乐又能否逃过黑洞怪兽军的追抓？地球会遭遇毁灭性的袭击吗？黑洞怪兽军又会给他们带来什么未知的阴谋与陷阱呢？

星际勇士，惊险继续！

主要角色介绍

正面角色

叶兰：任性、孩子气，易冲动，会中国功夫。去白矮星后，被光能床改变了体内的基因密码，会各种光能战技，会驾驶白矮星光能飞行器。

周勇：沉稳、勇敢，考虑事情机敏周到，会中国功夫。去白矮星后，被光能床改变了体内的基因密码，会各种光能战技，会驾驶白矮星光能飞行器。

洪崖兽将军：白矮星光能将军，是光能兽。声音沙哑，作战英勇，会操控白矮星光能飞船作战，会传输能量等。

地崖兽将士：白矮星王国洪崖兽将军手下的一名将士，是光能战技培训官，负责守护地球，保护乐乐安全。

星辉公主：白矮星的公主，美丽、善良、机智，会掌控、变形光能飞艇。

白矮星国王：掌管光能量，会研制超能量的 M4、M5 能量球，正义。

小蓝龙：来自 Kepler－22b 行星，胆大心细，态度温顺，但与小黑龙合不来，它们俩经常唱反调，争宠。可遇到大困境时，它们会顾全大局，携手作战。先对地球美食不感兴趣，后来在小黑龙的带动下，也爱上了地球美食。

小黑龙：超好吃，地球美食迷，心直口快，但常因此得罪朋友。不太会讨好人类，偶尔喜欢恶作剧。视小蓝龙为对手。遇到大困境时，会顾全大局。

乐乐：周勇与叶兰在未来世界地球上的儿子，调皮可爱，机智勇敢，智商超高。平时与爷爷生活在一起。拥有小蓝龙与小黑龙两只宠物外星龙兼保镖。

齐齐：调皮、聪明，乐乐的同学兼好朋友，两人形影不离。

爷爷：乐乐的爷爷，一位地球生物学家，特喜欢研究各种稀奇古怪的动物。小蓝龙与小黑龙都很怕他，担心自己会被他抓去解剖。

齐妈妈：齐齐的妈妈，职业女性，遇到开心事就亲吻齐齐，既会担心儿子吃少了会瘦，又会担心儿子吃多了会发胖。后来齐齐被抓后，小黑龙变成齐齐在她家生活，引发了很多搞笑的乌龙闹剧。

齐爸爸：齐齐的爸爸，戴眼镜，口才好，是一名销售业务员，长期在外出差，在家待的时间较少。

黑龙兽国王：它的王宫在 Kepler－22b 行星漂浮岛上的石洞中。能召唤所在行星的巨型能量球，喜欢喝茶，爱好画画与雕塑，曾去地球旅游，会驾驶飞船战斗。战斗力八级半强。

蓝龙兽国王：它的王宫在 Kepler－22b 行星的海底，能召唤能量球，有超强的水下舰艇。战斗力八级强。

反面角色

N 斯博士：黑洞中 N 斯城堡的堡主，擅长研制各种黑洞能量，每隔一段时间，它研制的新黑洞能量会成升级版。阴险、老练，欲统治整个宇宙。

（它是地球科学家研制的高智能机器人，拥有超强的智慧，

后因智商太高，遭地球科学家的遗弃、销毁。逃离地球后，对地球产生怨恨，一心想利用超强太空能量磁场，把整个太阳系拖入黑洞中去，让地球人类成为它的奴隶。）

卡沙：N斯博士手下的黑洞怪兽军的将军，狡猾，能变形成黑洞怪兽与黑洞机器人作战。

古达：卡沙手下的黑洞怪兽将士，高智商黑洞怪兽军将士，阴险，狠毒，能变形成巨大的紫色怪兽蛇与黑洞机器人作战。

沙拉：智力稍低，有些呆呆的感觉，但很容易生气，能变形成褐鳄兽与黑洞机器人作战。

（黑洞怪兽军的级别：将军——将士——怪兽兵）

C目录
Contents

第一章／科学神童乐乐

时间：2036 年

地点：地球中国西北部，某太空飞船发射基地。

上午，发射前夕，发射场，气氛庄严肃穆。

两名身着太空服的航天员，正欲走向发射飞船。

一个八岁左右的小男孩，被一位满头银发神情肃穆的老爷爷拉着手，正在给两名太空宇航员送行。

那两名太空宇航员，正欲走向火箭。

突然，那小男孩大声地叫喊了起来："爸爸、妈妈，我等着你们回来！"

两名航天员回过头来，朝小男孩微笑着挥手："乐乐，一定要听爷爷的话，别调皮！"

说完，他们扭头走向前面停着的一架银灰色的飞船。

很快，飞船发射塔点火，"簌"地发射向了空中，刚升到两万米的高空中，飞船便与运载火箭解体，进入其太空轨道，快速地往前飞行而去。

乐乐一脸忧虑地仰望着空中那个逐渐消失在他视野中的白光点，小声地嘀咕道："唉，这次爸妈不知又要过多久才能回来了！"

这时，耳边传来了爷爷亲切的招呼声："乐乐，咱们该回家了！"

乐乐："好的！"说着，祖孙俩便一前一后地走向了发射场外停着的黑色的奔驰车。

爷爷开车，乐乐在后面坐着，手里灵活地把玩着变形魔尺玩具。

乐乐："爷爷，齐齐要我去帮他辅导功课！"

爷爷："好，但你要写完作业才能去！"

乐乐："又是写作业，爷爷，您就不能说点别的呀？"

爷爷："你现在的任务，就是学习。只有努力学习，长大了才能像你爸妈一样，去探索太空的奥妙。"

一听到"太空"两个字，乐乐又来精神了。

他乐呵呵地问道："爷爷，我爸妈上次从太空中回来，是什么时候？"

爷爷正聚精会神地开车，额头皱纹紧锁地说道："八年前吧，那时你还在爸妈的肚子里呢！"

乐乐逮着爷爷的"小错误了"，开心地笑着说道："爷爷，你说错了，我怎么会在爸妈的肚子里，应该是妈妈的肚子里！呵呵……"

爷爷："好啦，算你正确！"

车子很快就到了一栋天蓝色的房子跟前戛然停下。

祖孙俩下了车，走向那扇蓝色的大门。

乐乐走过去，用手往大门"脉搏"门卡验证处一放，便听见一个清脆的声音传来："脉冲密码正确，主人请进！"

继而，大门便"唰"地打开了。

祖孙俩一前一后走了进去。

才没走几步，一只蓝色的小龙兽便蹦跳着走了过来，直蹭着乐乐的裤脚，"叽叽"地欢叫着。

"小蓝龙，我们回来啦！"乐乐弯腰欢快地抱起了小龙兽，小蓝龙伸出蓝色的舌头，在乐乐的脸上直蹭舔着。

小蓝龙望了望乐乐的身后，见只有爷爷回来，便直点头接着又摇头地"叽叽"叫着。

乐乐猜测道："小蓝龙是在问爸妈怎么没回来吧？"

"我告诉你吧，爸妈去太空了，他们这次估计要很久才能回来了。小蓝龙快点长大，等你长大了，我也带你去太空遨游！"

突然，小蓝龙抬起了头，在乐乐的耳边"叽叽"地叫了几声，乐乐点了点头，便抱着小蓝龙，往自己的房间走去。

乐乐的小房间里摆放着很多玩具，其中有乐乐最喜欢的各种样式的飞船模型。

可乐乐一进屋，却并没有去碰那些东西。

他径直走向墙角的小方桌，桌上放着一个四方形的蓝色盒子。

他捧起盒子，在盒盖上面输入了几个数字（密码），便听见"嘀"的一声，盒子打开了。

盒子里面有一颗蓝光闪闪的能量球，晶莹剔透，奇异、美丽极了。

乐乐取出能量球，放在小蓝龙的鼻子上方。

小蓝龙微闭着双眼，静静地吮吸着能量。

好一会之后，只听见乐乐说道："好了，小蓝龙，我听爸妈说过你每天只能吸三分钟能量，否则，你的成长基因会受阻碍。"

小蓝龙乖巧地点了点头，便往后退去。

乐乐把能量球放入盒子里，而后，自己也对着蓝龙能量球，深吸了几口，嘀咕道："蓝龙能量球，请赐予我超级能量，让我快快长大，能够去太空探险！"

这时，门外传来爷爷的叫声："乐乐，快来帮我拣菜，我要做中饭了！"

"好的，就来了……"乐乐应了一声，便关上盒子，往门外走去。

中饭后，乐乐开始做作业，可他写了一会儿就打瞌睡了。

乐乐挠了挠后脑勺，一脸困倦地说道："这么简单的字，要我抄写八个版面，唉，真是无聊死了！"

爷爷从他的身后走了过来，用手中的超薄扇子敲了敲他的头，说道："乐乐，又在偷懒，开小差了呀？"

乐乐扭头，一脸不快地嘀咕道："爷爷，我正在思考问题呢！"

爷爷蹲到他身旁问道："思考什么问题？能给爷爷透露

点吗?"

乐乐眼睛忽溜一转,一本正经地说道:"我在想,我还要多久才能长大?"

"爸妈说他们驾驶的能量飞船速度可快啦! ……唉,我要是也能一下子长大,去太空探险就好了!"

爷爷:"好了,赶紧做完作业,我们再来下一盘象棋!"

哪知,乐乐却翘着嘴说道:"爷爷,跟你下棋特没劲,下十盘,你输十盘,我怎么让你,你都赢不了我!"

爷爷:"那当然了,知道咱家乐乐是从哪儿来的吗?"

乐乐不解地瞪大了眼睛问道:"从哪儿来的?"

爷爷:"咱家乐乐是太空来客,当然要比爷爷聪明多了!"

乐乐:"嘻嘻嘻,谢谢您夸奖!"

爷爷:"不谢,不谢,我去摆棋子了,你做完作业快点过来啊!"

乐乐:"好的,待会我一定把你杀个片甲不留!"

几分钟后,乐乐走到棋盘跟前。

乐乐:"爷爷,这次我让你两着棋子吧!"

爷爷急不可耐地:"不用了,快开始下吧!"

乐乐:"真的不用了? 那我先下了啊!"

说着,只见乐乐便来了一个"马踩日"。

爷爷:"又按老方法下呀,那我来个'象飞田'!"

乐乐在心里嘀咕:"为了维护爷爷的面子,让他高兴点,我今天就破例让他一盘吧。这不,爸妈都不在家,要是我同爷爷硬争起来,都没人能帮我!"

爷爷见他坐在那里发呆,便小声地催促:"快下呀,发什么

呆呀?"

乐乐见此情景,故意错下了一着棋,果真,爷爷很快就赢了他。

乐乐:"哇,爷爷,您真厉害,赢棋了!"

爷爷翘着山羊胡子,乐呵呵地:"是啊,总算赢棋了!"

他一高兴,便大声地问乐乐:"乐乐,你晚饭想吃什么?"

乐乐:"我想吃自助餐,我们去东城吃烧烤自助餐吧!"

爷爷:"好啊!你这小子,嘴馋不亚于下象棋的功夫!"

乐乐:"爷爷,那我们快走喽!"

说着,祖孙俩便出门去了。

晚上,在东城烧烤自助餐厅,乐乐狼吞虎咽地吃着。

爷爷:"乐乐,慢点吃,没人同你抢!"

乐乐:"爷爷,这自助餐挺贵的,咱们得把花的钱都给它吃回来!"

爷爷用手指点了点乐乐的脑门,笑着说道:"你这狼吞虎咽的样子,同你爸小时候一个样!"

乐乐:"要是我长大了也能像老爸一样,去外太空旅游、探险就好了。"

爷爷:"那你得加油,认真学习呀!"

乐乐:"放心吧,爷爷,我成绩那么好,考上重点学校肯定没问题!"

爷爷:"乐乐,只要你明年考上重点学校,到时天天请你吃自助餐!"

乐乐:"那可不行!"

爷爷不解地问道："为什么呀，你不是很喜欢吃吗?"

乐乐："天天吃自助餐，我的肚皮会撑破的，我可不想牺牲我的肚子!"

爷爷笑了："呵呵，臭小子，还挺有脑筋的!"

这时，乐乐的手机响了。

乐乐拿起手机接听视频，只见视频上他的好朋友——齐齐正在朝他挤眉弄眼地打着手势，乐乐对着视频做了一个"OK"的手势。

原来，这是他们的行动暗号。

这时，乐乐突然对爷爷说道："爷爷，我还要吃烤鸡翅、烤鱼!"

爷爷："要吃，自己去那边取吧。"

乐乐起身，端着盘子去取食物去了。

可是，与众不同的是，他不用夹子去夹食物，而是用手端着盘子，伸手在鸡翅食物盘上"扫描"了一下。而后，便见他的手上闪烁出一道蓝光，朝着桌上的食物一照射，便见盘子里的鸡翅，少了四只，可奇怪的是，他手中的盘子里，却只有两只烤鸡翅。

他走过去，对着烤鱼食物盘像刚才那样照了照，便见食物盘少了三条烤鱼，但只有一条烤鱼飞入了他手中的盘子里。

转了一圈之后，他走回来，手中端着的盘子装满了食物。

乐乐很快便把盘子里的食物吃完了。

而后，乐乐用餐巾纸抹了抹嘴巴，对爷爷说道："爷爷，我要去齐齐家帮他辅导功课了。"

爷爷："那好吧，爷爷有事要等人，你先自己坐车回去吧。"

乐乐："好的，那我先走了！"说完，他便站起身往外面走去。

一个小时后，在齐齐的家里。

齐妈妈生病了，齐爸爸陪妈妈去医院看病了，没人做饭，齐齐一个人正在啃面包。

这时，门铃响了，齐齐跑过去开门。

只见乐乐站在门口说道："齐齐，饿坏了吧？"

齐齐："你刚才不是说带吃的给我吗？怎么两手空空的来了？"

乐乐："放心吧，我答应的事，是从来不会失言的。"

齐齐问乐乐："吃的在哪？"

乐乐说："你去拿几个洗好的空盘子放在桌子上，我来帮你变出来！"

齐齐拿来洗净的几个盘子摆好。

"看我的！"乐乐边说边用双手对着餐桌上的盘子摆弄了几下，便见他双掌间闪烁出两道蓝色的能量之光。那蓝色的能量光刚照射到桌面上，便见从蓝光中飞出的一个个鸡翅、火腿肠、烤鸡腿等簌簌地掉落到了盘子里。

齐齐："My gosh（我的天）！"

乐乐："这叫能量空间传输食物！"

齐齐："乐乐，你太牛了！我先尝尝看好不好吃？"

说着，他便大口大口地吃了起来。

齐齐："嗯，真好吃！乐乐，你从哪儿弄来这么多美食？"

乐乐："这是我从自助餐厅给你带过来的!"

齐齐一脸诧异地说："啊,自助餐厅不是不让带出去吃吗?怎么你……"

乐乐："这你就不懂了,一人500元,我与爷爷就是1000元,我们哪吃得了那么多钱的食物呀?所以,不能浪费钱,就用能量空间传输的办法给你带过来了!"

齐齐："乐乐,你对我太好了,谢谢你!"

乐乐："别客气了,我们是好朋友啊! 对了,我的'山洞探奇'行动还有待你的积极参与呢!"

齐齐："是你上次说过的有关'能量星际传输'的实验吗?"

乐乐："我们这次还谈不上实验,我们只是去山洞中探奇,寻找推测结果。如果我没猜错的话,那个山洞中一定还有其他外星生物。"

齐齐："山洞中还有其他外星生物? 那可真是太刺激了!"

乐乐："那好吧,我们本周末出发!"

齐齐："好的,一言为定!"

第二章

/山洞探奇

　　这天上数学课时，乐乐在课桌底下玩飞船模型，被张老师抓住了。张老师问他："上课时为什么要开小差玩玩具，不认真学习？"

　　乐乐一本正经地答道："老师，我不是在玩，而是在思考飞船的改良方案。况且，您教的那些内容，我早就会了！"

　　张老师说："胡说，你再不好好学习，我叫你爸妈来学校开家长会！"

　　乐乐："你找不着他们了！"

　　张老师："为什么呢？"

　　乐乐："因为我爸妈都去外太空了！"

　　张老师："啊，那你家还有什么人？"

　　乐乐挠着后脑勺想了想，很不情愿地答道："还有爷爷，只可惜，他整天守在实验室，很少待在电话机旁。"

张老师："唉，看来真拿你没办法了，我找你们班主任去！"

乐乐惊呼："张老师别去，我一定认真听讲！"

张老师："那好吧，下午放学后，把今天学的新知识抄写三十遍。"

乐乐："没问题，只要您别找班主任，我什么都答应。"乐乐爽快地答道。

而后，见张老师扭过头去，他又嘟着嘴说道："唉，又是这么幼稚的抄写任务。"

放学后，乐乐向齐齐借了一支铅笔，齐齐好奇地望着乐乐，问道："你这是干吗呀？"

乐乐："写作业啊，两支笔一起写会快些！"

齐齐好奇地望着乐乐问道："你能用两支笔一起写？"

乐乐："那当然了，很简单的事，看我的！"

说着，只见他在桌子上打开两本数学簿，而后，左右手各握一支笔，开始写了起来。

果真，他写得又快又好，齐齐在一旁惊诧地问道："乐乐，你是不是有两个大脑……要不，怎么会写得这么顺手，这么快！"

乐乐："没有啊，我同你一样，只有一个大脑，只是我的左右脑思维能同时进行，所以能两只手同时写。"

齐齐："哦，那你慢慢写吧，我今天不等你了，我得回去玩飞机模型了！"

乐乐："等等，今天是周末，放学这么早，你那么早急着回去干吗？我们上次不是约好一起去……"

齐齐："哦，想起来了……那你写快点，我等你！"

乐乐头也不抬地说道："放心吧，照我这速度，一个小时就搞定了。"

齐齐："好吧，那我去上一下厕所，你先写。"

说着，齐齐走了出去。他没有往学校公厕的方向走，而是朝校门外走去。

齐齐边走边嘀咕："我身上只剩一个冰激凌的钱了，不能让他知道了，要不，又得抢我的一半吃！"

"我的最爱，冰激凌！"齐齐走到一家冷饮店前，买了一个冰激凌，正准备吃。

突然，一旁伸出了一只手把他手中的冰激凌抢走了，并嘀咕道："你上厕所之前是不能吃冰激凌的，要不然大便冷化了就拉不出来了，还是我来帮你解决吧！嘻嘻……"

齐齐："啊，可是，我已经拉过了！"

乐乐："谎话，我跟着你出来的，你根本没去厕所。"

齐齐："你怎么知道我不是去厕所？"

乐乐："我听你声音，不像要去厕所，倒像是嘴馋的谎言。"

齐齐额头直冒冷汗："天哪，连我的想法你都能猜到！"

"唉，有你这样的朋友，真是我的悲哀，想偷个嘴都难！啊，这么快就被你吃完了！"

乐乐："嘿嘿，别小气了，待会儿我还一个给你！"

一个小时后，乐乐果真跑去张老师那里交了被罚的数学作业。

张老师扶了扶眼镜，一脸惊诧地望着两个作业本："周乐乐同学，你没有请人帮忙写作业吧？"

乐乐摇了摇头："张老师，您看笔迹，就能看出来了！"

张老师低头，一页一页地翻看作业本，发现笔迹统一，果真是乐乐写的。

她一脸惊诧地嘀咕道："天哪，怎么会写这么快！"

乐乐却在一旁催促道："张老师，作业完成了，我可以走了吗？"

张老师点了点头，放他走了。

"出来了呀，快走！"校门外，齐齐见乐乐出来了，两人匆忙走了。

乐乐回到家里，吃了一个冰激凌，又带了两个放在随身带的冰盒中，而后告诉爷爷，说待会自己要去乐乐家下象棋。

爷爷交代他晚上早点回来，乐乐忙答应说"好的"。

乐乐便走进自己的房间，顺手把小蓝龙装入小背包，便出门而去。

他们在一家蛋糕店门口见面后，乐乐递了一个冰激凌给齐齐，两人边走边吃往公交车站走去。

原来，他们要坐公交车去郊外的大山。

一个小时后，他们来到了郊外的那座大山。他们吃力地爬着山，好不容易来到了一个山洞口前。

齐齐："我们好久没来了，洞口的杂树丛、野草又长起来了！"

乐乐："哟，真是的！幸好上次那把砍柴的刀因为太重，我没带下山，就把它放在那边的大石头下的一条缝隙中，不知它还

在不在？"

齐齐："那你赶紧过去看看！"

乐乐走到大石头边，蹲下身子，往缝隙中一望，果真看到了一把柴刀。

他伸手拿了出来，递给齐齐："齐齐，你砍柴的功夫比我厉害多了，还是你来吧！"

齐齐信心十足地说道："砍柴对我来说小菜一碟，看我的！"

说着，他把柴刀拿在手里，利索地挥砍着面前的杂树、野草丛。

很快，他便砍出了一条通往洞门口的小道来。

齐齐扭头招呼乐乐："乐乐，你快过来开洞门呀！"

乐乐："好的，马上就到。"

这时，小蓝龙从乐乐的书包里跳窜出来，跟在乐乐的身后往洞口处跑去。

小蓝龙来到洞门口处，对着石门定神一望，只见从它的双眼中射出了两道蓝色的奇光，直射向了石门的右边。

只见石门的右边出现了一个数字密码输入口。

小蓝龙又扭头望向石门的左边，只见那里出现了一个凸出的蓝色按钮。

乐乐来到洞口前，他先在石门右边的数字密码输入口输入了一串长长的数字。而后，按下了石门左边的那个凸出的蓝色按钮，石门便在"咔嚓、咔嚓"声中，往右边的石缝间推移而去，石门打开了。

齐齐高兴得直拍手欢呼："太好了，石门顺利开启！"

也难怪，他们第一次开启石门时，可费了一番工夫。

那是在两周前，他们来这座山上郊游。

走到半路上，他们突然感觉眼前闪过一道刺眼的奇光！

他们抬起头来东张西望，却没发现什么可疑的东西。

这时，小蓝龙突然朝他们"叽叽"地叫了起来，并领头往山路下的山沟里跑去。

齐齐与乐乐追着小蓝龙，走到了这个石门紧闭的洞口前。

"叽叽"，小蓝龙直对着石门叫唤着。

"这里面一定有奇怪的东西，要不小蓝龙就不会叫了！"乐乐肯定地说道。

"可是，这石门是关着的，我们没法打开呀！"齐齐好奇地望着紧闭的石门，不知该怎么去打开。

乐乐："糟糕，我忘了把妈妈的激光切割器带来。"

齐齐在石门前左右观望了一下，说道："这石门看起来很结实，一定会有机关打开，我们找找看。"

可是，他们在石门的左右两边找了很久，也没能找到开启石门的机关。

"到底石门的开关在哪儿呢？"乐乐直挠后脑勺嘀咕道。

过了一会儿，只见小蓝龙走上前去，对着石门定神一望。只见从它的双眼中射出了两道蓝色的奇光，蓝光击向石门的右边，便见那石门的右边出现了一个数字密码输入口。

乐乐与齐齐走上前去一望，只见那里有一道奇异的外星数学题公式。

齐齐猜测地说道："难道是要算出这道奇怪的题，才能进

去吗?"

小蓝龙先是点了点头,而后又直摇头地望向了左边。

乐乐走上前去一看,发现那里有一个凸出的蓝色按钮。

乐乐:"我知道了,一定是算出这道题,然后把答案输入后,再按一下那个凸出的蓝色按钮,石洞门便能打开了!"

小蓝龙听后直点头,"叽叽"地叫着。

齐齐却望着那道题,目瞪口呆地说道:"可是这道题,张老师从没教过呀,我们肯定不会做!"

乐乐扭头望了望小蓝龙,问道:"小蓝龙,你会做这道题吗?"

小蓝龙点了点头,"叽叽"地叫了几声。而后,便见从它的头顶上射出了一道蓝光,那蓝光飞射向了那道奇异的数学题。

只见那道蓝光竟然像粉笔似的,快速地解起了题来。

很快答案便解出来了,小蓝龙一扭头,便见那道蓝光把那串奇异的符号与数字输入"密码栏"中了。

乐乐在一旁记住了开洞门的密码。

乐乐还沉浸在回忆中,一旁的齐齐拍了拍他的肩膀,说道:"乐乐,你还在发什么呆呀,我们快进去呀!"

乐乐:"好的,这次我们往里走远点,我带了手电筒来!"

齐齐:"我也带了!"

他们一前一后钻入了石洞中。

沿着洞道往前走了没多远,他们便发现里面一片漆黑。

"太黑了,快用手电筒照着前进!"乐乐说着,他们便各自从背包里取出一支手电筒来照着前进!

小蓝龙走在前面，他们紧跟其后往里走去。

起先，他们发现石洞道空旷，石洞地面干燥。

可越往里走，他们发现石洞道越来越狭小，又往前走了一阵后，他们竟发现石洞的地面开始变得潮湿起来。

齐齐诧异地说道："这石洞里面，怎么越来越潮湿了，前面会不会有什么水潭之类的？"

乐乐："嗯，有可能！咱们小心点！"

而小蓝龙，却自顾往里闯去。

乐乐急得在后面惊呼："前面恐怕会有危险，小蓝龙，快回来！"

小蓝龙应声扭过头来，闪烁着一双蓝色的眼睛"叽叽"地叫了两声。

乐乐问小蓝龙："小蓝龙，你觉得前面有危险吗？"

小蓝龙摇了摇头，"叽叽"地应着。

齐齐："小蓝龙都认为没危险，那咱们就放心往里走吧！"

乐乐："好的，小蓝龙，继续在前面带路！"

他们往前走了两百米左右后，小蓝龙引着他们，走到了一个低矮、狭小的石洞口前。

齐齐："这洞口这么小，我们怎么过去呀？"

乐乐："当然是爬过去了，看我的！"乐乐说着，便蹲下身子准备爬过去。

齐齐一脸泄气地说道："我身子胖，我担心会被夹住过不去。"

乐乐："要不我走前面，你跟着来。要是你过不去，我把你

拖拽过去!"

"那好吧,也只能这样了。"齐齐点了点头。

小蓝龙走在最前面,带头欢快地往洞道的前边走去。

乐乐趴下身子,匍趴着往前爬去。

胖乎乎的齐齐,跟着在后面爬得气喘吁吁。

还好那洞道不算太小,齐齐勉强可以爬过去。

往前爬了三十米左右,他们便出了那条低矮的洞道,来到了一间宽敞的石室中。

这间石室是四方形的,大概有三十平方米。

小蓝龙一走入那间石室,便低头在石室内四处跳着,边嗅边寻找着什么,并"叽——叽——叽——"地叫着。

乐乐:"小蓝龙的叫声很奇怪,难道它发现这石室中有什么秘密?"

齐齐:"嘘,那我们先别动,让小蓝龙找出不妥的地方。"

只见小蓝龙在石室四处感应了一下,便忽地对着右边角落直叫唤着。而后,只见从它的眼睛里射出两道蓝光,蓝光直朝石洞壁射去。

只见石壁上闪过一道蓝光,显现出一道石门的痕迹来。

"啊?"乐乐与齐齐正诧异,小蓝龙突然跳起来,往墙上跳蹭而去。

乐乐吓得捂嘴直惊呼:"小蓝龙,不要!"

第三章
Kepler－22b 行星来客

这时，奇怪的事情发生了。就在刚才被小蓝龙射出的蓝光划过的石洞壁上，轰然地开启了一道石门。

石门内蓝光闪闪。

乐乐与齐齐惊诧地惊呼："哇，那里面是什么？啊!?"

他们正惊诧地站着发呆，只见小蓝龙走了过来，咬了咬乐乐的裤脚，"叽叽!"地叫了两声，示意他们往里走去。

"小蓝龙，里面会不会有危险?"齐齐担忧地问道。

乐乐却满不在乎地说道："别问了，走吧，进去看看就出来!"

齐齐迈着迟疑的步子，一脸惶恐地跟在乐乐的身后往里走去。

可是，当他们刚走进里边的那间石室，却发现蓝光没了，石

室内一切都黯淡了下来。

齐齐："奇怪了，刚才怎么有蓝光，现在又没了？"

乐乐："我估计刚才是小蓝龙开启石洞门发射的能量之光吧？"

齐齐："那现在这里面黑漆漆的，我们怎么走呀？"

乐乐："快打开手电筒！"

说着，两人打开了手电筒，摸索着往里走去。

齐齐胆怯地说道："我感觉这里面阴风习习的，有点害怕……"

乐乐："那我走前面，你走后面吧。"

两人又往里走了一百米左右，便来到了一扇敞开的大石门跟前。他们走到石门口处，好奇地往里一望，诧异地发现，里面是一间巨大空旷的石室，停着很多奇异的外星飞船。

乐乐："这里怎么有那么多的外星飞船？"

乐乐一脸欣喜的表情："啊！难道我之前的猜测是正确的！"

齐齐："你的意思是，这里是外星人的基地？"

"这些飞船都是通过能量空间传输技术运来的？"

乐乐："这是一种可能，还有另一种可能，也许，这里是外星飞船进入地球的一个四维空间基地。"

他们正惊诧得发呆，小蓝龙走过来，咬了咬乐乐的裤脚，示意他往一旁的一艘外星飞船走去。

乐乐蹲下身子问小蓝龙："小蓝龙，这飞船上会不会有外星怪物呀？"

齐齐也在一旁害怕、担忧地说道："是呀，我也有些害怕外星怪物!"

小蓝龙摇了摇头,"叽叽"地叫了两声,算是回复他们没有。

他们跟着小蓝龙,走向一旁不远处的、那艘两头尖尖的奇异的蓝色飞船。

"咦,这飞船的门该怎么开启?"乐乐与齐齐走到飞船跟前,不知怎么开启飞船门。

这时,小蓝龙走上前去,从它的眼里射出两道蓝光,蓝光直击向飞船的能量阀门处,只听见"嘀"的一声,便见那扇蓝色的飞船门"唰"地打开了。

"哇,门打开了!"乐乐欣喜地说道。

只见飞船舱里面萦绕着蓝色的能量之光。

乐乐:"啊,飞船上怎么有那么多的蓝色能量?"

齐齐想了想,说道:"我知道了,它一定来自于银河系外太空!"

乐乐:"嗯,让我猜猜,它来自于哪里?"

齐齐:"你能猜到它来自于哪里?"乐乐一脸自豪地说道:"我还在妈妈的肚子里时,就在外太空旅游过了,我当然知道得要比你多了!"

齐齐:"乐乐,你又开始吹牛了!"

这时,小蓝龙朝他们"叽叽"地叫了两声,扭头跃上了飞船的旋梯!

"糟了,小蓝龙上去了!"

"快!快上去把它抱下来!"齐齐与乐乐一前一后地跟追了上去。

"小蓝龙，快下来！上面有危险，别往里走！"乐乐与齐齐急切地叫道。

可小蓝龙却头也不回地从打开的舱门飞窜了进去。

他们也只好随后上了飞船。

走上去后，他们感觉很奇怪，因为飞船上的仪器都闪烁着奇异的光。

看那样子，飞船仿佛只处于暂停状态，似乎随时都可以起飞！

突然，更奇怪的事情发生了。

他们惊诧地发现，小蓝龙走向了最前面的一张能量充置椅。

只见它轻轻一跳，便跳坐在椅子上了，它伸手把一个蓝色的圆帽子似的能量充值器戴到了自己的头上。然后，它便微闭上眼睛，倒在座椅上。

只见一股蓝色的能量流，通过那个能量传输器直输入小蓝龙的体内。

突然，它小小的身子剧烈地震荡起来。

齐齐惊诧地："啊，它怎么了？"

乐乐担心地："糟了，小蓝龙会不会死掉呀？"

这时，一个奇怪的声音在他们的脑海中响起："不用担心，它只是能量充值过速！"

乐乐与齐齐朝四周张望了一下，发现这飞船舱内除了他们没有别人。

乐乐在心底好奇地问道："你是谁，能看到我们吗？"

那个声音回答："我是来自白矮星的光能人，我能看到你们，但是，你们看不到我！"

齐齐也在心底问道："你为什么要帮我们？你认识我们吗？"

那个声音又清晰地传来："我不认识你，但我认识乐乐。我帮你们的原因，是因为乐乐的父母是我们星球的盟友！"

这时，小蓝龙的能量充值完成了。

只见它眨了一下眼睛，便醒来了。

"叽叽"小蓝龙伸了伸脖子，然后，望着面前的乐乐与齐齐，眨着一双晶莹的蓝眼睛，欢快地笑了。

更令人感觉惊诧的是，它竟然用幼稚的童音说道："哇，充值能量后的感觉真好！"

而后，又向乐乐打招呼："主人，小蓝龙向你问好！"

齐齐吓得直东张西望地问道："啊，是谁在说话呀？"

乐乐："是小蓝龙在说话，天哪，它怎么会说话了？"

小蓝龙眨了眨晶亮的蓝眼睛，说道："这是因为飞船上的蓝龙能量丰富，我在飞船充值蓝龙能量后，便成了升级版的小蓝龙，开启我的'超能星际语言'功能，就能与你们对话了。"

乐乐恍然大悟地："哦，原来是这样呀！那我们可以问你一些问题吗？"

小蓝龙点了点头："当然可以！"

乐乐："你知道怎么驾驶这艘飞船吗？"

小蓝龙："知道，但是不能告诉你们。"

乐乐不解地问道："为什么呀？"

小蓝龙："因为还没到时候，只有到时候才能让你们去外太空旅游。"

齐齐却在一旁好奇地问道："小蓝龙，你们星球叫什么名，都有哪些生物？"

小蓝龙："我们星球名称叫 Kepler－22b 行星，有蓝龙兽与黑龙兽两类居民，而我属于蓝龙兽！"

乐乐直挠后脑勺，想了想说道："奇怪了，你不是我爸妈从蓝龙星球上带来的蓝龙蛋吗？而且，你是在地球出生的，怎么会知道得那么多？"

小蓝龙："主人，这些都是我刚才在充值能量时，从星际新闻太空系统上接收到的信息！"

乐乐机灵地想了想，说道："你们星球上有两种生物，那另一种生物，是不是也来地球了？"

小蓝龙想了想，抱歉地说道："这个呀，我不知道。不过，我们还真可以在这附近找找它们的踪迹。"

说着，小蓝龙便带头与乐乐、齐齐下了飞船。

他们在那间空旷的石室中四处寻找着。

与乐乐和齐齐寻找的方式不同，小蓝龙用鼻子四处嗅着，寻找异类的气息。

乐乐："我们大家分开来找吧，这样会快些找到！"

乐乐与齐齐，手里拿着手电筒，在石室的左边仔细寻找着。

而小蓝龙此时浑身放射着蓝光，宛如一盏走动的蓝灯，把它面前的石洞地面，照得通亮通亮的。

乐乐突然扭头对齐齐说："你干吗又跟着我呀，不是说好分开来找吗？"

齐齐："我有点害怕，还是跟在你身后走吧。"

乐乐："唉，你真是比小蓝龙的胆子还小！"

齐齐不服气地说道："谁说的！我一个人去那边找去！"说着，便见他嘟噜着嘴，扭头往另一个方向走去。

齐齐往前走了没多远，便发现了一个巨大的黑色东西。

齐齐以为它是外星怪兽呢，吓得一惊："哇，有怪兽！"

小蓝龙与乐乐应声跑了过去。

乐乐手握拳头，问道："怪兽在哪里？"

小蓝龙也走过来，问道："齐齐，哪里有怪兽？"

齐齐指着面前那高大的黑色怪物说道："快看，就是它！"

小蓝龙与乐乐顺着齐齐所指的方向望去。

乐乐左看右看后，诧异地说道："这怪兽怎么没动静呀，是不是睡着了？"

小蓝龙却走过去，踮起脚用手爪摸了摸怪兽的身子，而后，肯定地分析道："它不是怪兽，它是我们星球上黑龙国的飞船！"

它这话让乐乐与齐齐十分惊诧："啊！这么说，真有其他外星生物来地球了？！"

小蓝龙不紧不慢地点了点头，说道："嗯，看样子，还真是有这个可能！"

乐乐："那我们得赶紧找到它，免得它危害我们地球人！"

小蓝龙："主人，等一等，不用担心，据我刚才接收到的信息：黑龙来客，也很小，如同我的身体一样。只是……"

齐齐舒了一口气，如释重负地说道："那我就放心了！"

乐乐却在一旁问道："小蓝龙，你说只是什么？"

小蓝龙："只是小黑龙生性狡猾，不太好应付！"

它的话刚落音，便见他们的面前忽地闪过一道黑光，只见一个模糊的黑影，灵活地飞窜到了他们的面前。

他们还没明白是怎么一回事，那家伙便气恼地撞向了小蓝龙，而后，用气恼尖锐的声音，气嘟嘟地责备道："谁叫你背后说我的坏话！"

小蓝龙却温婉地说道："对不起，我不是故意的！我接收到的信息上是这样说明的。"

大家正想看清楚小黑龙长什么模样，却见它又幻化成了一道黑光，飞窜向了左边不远处的那个黑暗的角落。

齐齐："咦，它怎么跑得那么快？"

乐乐追过去，却没发现它的踪影："天哪，它怎么一下子就消失了！"

小蓝龙走了过来，说道："主人别着急，让我来仔细找找！"

说着，小蓝龙走向左边不远处的那个黑暗的角落处，仔细地寻找着。

突然，它双爪捧着一个黑色的椭圆形的蛋，从那黑暗处走了出来。

小蓝龙捧着蛋，欣喜地说道："主人快看，我找到它了！"

乐乐直摇头："不对呀，刚才它跑得那么快，怎么突然变成蛋了？"

齐齐更是在一旁打趣道："呵呵呵，小蓝龙，你可真是比乐乐还能说谎啊！"

小蓝龙却解释道："我没有瞎说，刚才袭击我们的只是这龙蛋中的黑龙能量，它本身还在这蛋壳中呢！"

　　齐齐吓得脸色陡变说道："哇，它的能量都那么厉害，要是它出来了，那还得了呀！"

　　乐乐想了想说道："可我从没听爸妈说过黑龙兽是暴兽呀！"

　　可小蓝龙却说道："我刚才没说它坏，只是说它生性狡猾，很难应付！"

　　这时，小蓝龙手上的黑龙蛋，传来了"咔嚓、咔嚓"的声音，齐齐一脸惊慌地说道："啊，它要出来了！"

第四章

外星龙欢喜冤家

乐乐："那咱们快走远些!"说着，他便牵着齐齐的手撒腿就跑。

"主人! 啊，你们都跑了呀，我也快闪了!"小蓝龙也吓得把黑龙蛋扔到了地上，撒腿就跑!

那黑龙蛋刚掉到地上，蛋壳便"咔嚓、咔嚓"地裂开了，一只浑身长着乌黑鳞甲的奇异黑龙兽，从裂开的蛋壳中，扭动着身子蹦蹿了出来。

只见它擦拭了一下蒙眬的睡眼，扭头望了望四周，不满地嘀咕道："胆小鬼，太不礼貌了，原来你们地球人就是这么迎接客人的呀? 真是太不礼貌了!"

齐齐和乐乐躲在暗处观看着这一切。

乐乐与齐齐惊喜地发现：小黑龙的个头比小蓝龙稍小些，看它样子不是太凶，他们便从黑暗处走了出来，壮着胆子去看小黑龙。

齐齐与乐乐一脸尴尬地笑着同小黑龙打招呼道:"嗨,我们来了!我们代表地球人类,欢迎你的来访!"

小黑龙:"你们刚才干吗躲着我呀?"

乐乐:"嘿嘿,我们地球人长得有些丑陋,刚才是怕吓着尊贵的小黑龙,所以,我们就暂且躲起来,等候你的出生。"

小黑龙:"不对,明明是你们害怕我,才吓得躲藏起来的,我刚才在蛋壳中都听到了。"

小蓝龙也蹦蹿出来了,在地上打了一个滚后,嘟噜着嘴不服气地说道:"我们哪里丑呀?是它长得丑吧?"

"你才丑呢,满地打滚的小蓝龙!"小黑龙用尖锐的声音说道。

"你丑!你丑,你丑!"小蓝龙与小黑龙争执着,滚凑到一起了。

齐齐与乐乐走过去,为它们做和解道:"你们就别争吵了!是呀,你们都很漂亮、很帅气、很可爱,我与齐齐最丑,总行了吧?"

可小黑龙却不解地问道:"什么是'很漂亮'呀?"

小蓝龙用 Kepler-22b 行星语言答道:"笨蛋,就是不丑,好看的意思!"

小黑龙:"哦,这还差不多,我可是 Kepler-22b 行星上优良种族的黑龙兽,比你们蓝龙兽种族强多了!"

小蓝龙一脸不屑地说道:"哼,还不知到底谁比谁强呢?"

小黑龙很不友善地:"什么,你想与我决战吗?"

小蓝龙:"决战?这里面地方太小了,等以后,我们找个大

点的地方，好好比试比试!"

小黑龙："哼，谁怕谁呀?!"

齐齐突然看了看手表，提醒乐乐道："哎呀，时间不早了，我们该回去了，要不大人们又要四处寻找我们了!"

"是呀，上次我们晚回去两小时，后来，警察把我和'的士'司机一起抓到警局去了!"乐乐说道。

小蓝龙朝小黑龙做了一个鬼脸："嘻嘻，我们要走了，你自己慢慢在这儿玩吧!"

小黑龙："不行，我也要同你们去地球村!"

小蓝龙："可是，地球村的村民是不会欢迎你的!"

小黑龙飞窜到乐乐的面前，恳求道："乐乐，其实我也是你的宠物兽，我是 Kepler-22b 行星上黑龙兽国的国王亲自派来保护你的黑龙兽勇士!"

乐乐略带犹豫地说道："可是，你不是妈妈带回来的龙蛋，我不敢相信你!"

小黑龙："那我把证据给你看，你自然就会相信了。"

说着，只见它伸手朝对面的平坦的石洞壁上一指，便见石洞壁上闪现出了一个视频画面:

Kepler-22b 行星上，一名黑龙兽国的勇士，正在听从黑龙兽国王的派遣："黑龙将士，现派你去地球保护盟友的后代——周乐乐，如有闪失，军法处置!"

黑龙兽国勇士："是，谨遵国王命令!"

说着，画面上便见两名勇士各自抬来了半个蛋壳，黑龙将士钻蹲在蛋壳中间，它们把蛋壳合到一起，便被几名黑龙兽国的勇士抬走了!

画面一闪：在飞船发射中心，那枚黑龙蛋被装在"超时空发射舱"内，往地球发射而去。

小黑龙接着说道："你们都看到了吧？我就是这样来到地球的。"

齐齐一脸惊诧："哇，什么机器，能把那么大的龙蛋变得这么小呢，实在太厉害了！"

小黑龙："这是因为地球的大气压与我们星球上的大气压不一样，所以，我的身子与蛋壳同时都变小了。"

乐乐："那你以后都不变大了？"

小黑龙："也不是的，当遇到危险时，我的身子是可以变大的！"

乐乐恍然大悟，说道："哦，原来是这样呀！真是太有趣了！"

小黑龙："乐乐主人，你现在能带我回地球村了吧！"

乐乐："还是不行啊，我爷爷不会随便让我乱带宠物回去的，更何况，我爷爷是生物学家，一看到你这奇异的外形，第一个想法：肯定就是捉你去他的实验室，开刀解剖！"

小蓝龙故意吓小黑龙："你要是被解剖就完蛋了，好可怕哦！"

小黑龙指着小蓝龙，扭头问乐乐道："可是，它为什么可以住在你家呀？"

乐乐："因为它是我爸妈从太空带回来的蓝龙蛋所生的，所以，我爷爷信任它！"

小黑龙还是请求着："可是，我真的很想去地球村玩呀，你们就帮帮我吧！"

一旁的齐齐想了想说道："有办法了，我可以把小黑龙安置在我家的杂物间！"

乐乐："你家的杂物间不是堆满了东西吗?"说着,朝齐齐眨了眨眼睛,示意不要带小黑龙回去。

可齐齐却像没看到似的,接着对小黑龙说道:"我家杂物间里有一个地洞,地洞的出口在外面,通气很好,阳光好的时候,还能照到洞里呢,很舒服的!"

小黑龙欣喜地说道:"是吗?那太好了,谢谢齐齐小主人!"

乐乐："啊,那地方不是你家的狗窝吗?"

可小蓝龙却在一旁捂嘴偷笑着:"嘿嘿,幸亏我来得早,要不然只能住狗窝了!"

小黑龙："狗窝是什么呀?"

齐齐极力忍住了笑,略带尴尬地答道:"嘿嘿,狗窝呀,在我们地球就是宠物兽最好、最温暖的家!"

乐乐与小蓝龙在一旁止不住地笑了:"哈哈……"小黑龙好奇地问齐齐道:"可是,他们怎么笑得那么诡异?"

齐齐："嗯,他们这是在欢迎你呢!"

小黑龙有些害羞:"地球人倒是蛮客气的,嘿嘿,这倒是让我有些不好意思了!"

乐乐："好了,我们该回家了!"

说着,在乐乐的带领下,他们沿着那条洞道走出去,准备回家。

快走到洞口处时,齐齐突然想到了一个很严峻的问题。

齐齐："对了,我们得给小黑龙戴个头巾,免得它走在路上被人抓走或遭到攻击。"

乐乐："说得对,小黑龙在地球上算是稀有生物,不能暴露了它的真实身份。"

齐齐从身上脱下了一件小外套，给小黑龙穿了起来，又把他的太阳帽取下来，给小黑龙戴在头上。

最后为了保险起见，乐乐又从他的小背包里取出了一对超酷的太阳镜给小黑龙戴上了。

小蓝龙："哇！小黑龙，这下你可真像宠物了！"

小黑龙："嘿嘿，在地球村，我是最酷的宠物兽！"说着，小黑龙萌萌地摆了一个造型，问大家："耶，怎么样，超酷、超帅吧？"

哪知乐乐却急切地说道："好了，别臭美了！我们赶紧回去，要不然爷爷又要罚我做三百个俯卧撑了！"

一个多小时后，乐乐与齐齐便回到了各自的家中。

齐齐把小黑龙关到杂物间的狗窝中去，并吩咐道："没有我的允许，你可千万不能出来哦！"

小黑龙到狗窝中一看，发现里面很脏、很乱，吓得它声音尖锐地大叫起来："哇，好乱啊！"

齐齐闻声跑了过来，问道："小黑龙，你怎么啦？"

小黑龙很不高兴地说道："这里太脏太乱了，我要去乐乐家！"

齐齐："可是，乐乐的爷爷是生物学家，你不怕被他解剖吗？"

小黑龙："我可以隐形啊，他看不见我的！快送我过去！"

齐齐垂头丧气地说道："唉，还真是拿你没办法。那好吧，趁我妈还没回来，我就送你去乐乐家吧！"

齐齐说着，便抱起了小黑龙往门外走去。

十多分钟后，齐齐与着装严实、古怪的小黑龙来到了乐乐家。

乐乐："咦！你们怎么又来这边了，不是说好小黑龙住在你家的吗？"

齐齐："我也没办法啊，小黑龙不肯住在我家，硬要来你这边！"

乐乐走过去，问小黑龙道："小黑龙，你为什么不肯住在齐齐家？"

小黑龙："齐齐家的宠物屋太脏了，我住不习惯。"

这时，小蓝龙蹦蹦着跑了过来，只见它朝小黑龙做了个鬼脸，笑道："嘿嘿，你怎么也来了？乐乐主人还没同意呢！"

小黑龙："我可是我们黑龙兽国的国王亲自派来保护乐乐主人的，我不来这边，怎么能保护他呢？"

小蓝龙不屑一顾地说道："不是还有我吗？"

小黑龙望了望小蓝龙，不屑一顾地说道："你呀……唉，还不知你能力咋样呢？"

小蓝龙："你竟然敢看轻我的能力！要不我们比试比试，看看到底谁厉害？"

小黑龙："比就比，谁怕谁呀？"

说罢，它们直瞪眼、吐舌头地扑咬着，眼看就要扭打到一起去了。

乐乐过来劝解："好了，你们都别闹了，趁我爷爷还没回来，小黑龙，你赶紧找个安全隐蔽的地方躲起来！"

小黑龙："这个不用担心，我会隐身术呢！"

乐乐："那好吧，我爷爷五分钟后到家，你赶紧隐身吧！"

小蓝龙冲小黑龙做了个鬼脸，嘀咕道："喂，胆小鬼，你赶紧隐身吧！"

小黑龙："谁是胆小鬼呀，我们找个地方决战一场，看看到底谁厉害？"

这时，门外传来了乐乐爷爷的声音："乐乐，你同谁在家捣蛋呀？"

乐乐赶紧示意小黑龙快隐身，又示意小蓝龙道："嘘，快隐身，千万别说话。"而后，大声回复爷爷道，"爷爷，您这么快回来了呀！"

就在爷爷推开门的那一瞬间，小黑龙便施展隐身术隐身而去。

爷爷推门进来，一脸好奇地问道："乐乐，谁在咱们家呀，怎么刚才房间里那么吵？"

乐乐举起手中的智能手机，说道："哦，我刚才在看手机电影，爷爷，抱歉，我把声音放得太大了！"

爷爷望了望齐齐，乐呵呵地说道："哟，小齐齐，你怎么也来了呀？是不是又想在我家蹭晚饭呀？"

齐齐一脸尴尬地挠了挠后脑勺，笑着说道："是呀，爷爷做的菜太好吃了，所以，我嘴馋又过来蹭饭了！"

爷爷乐呵呵地说道："哈哈哈，看来改天得叫你老爸来我家学厨艺了！"

齐齐："还是别了，我老爸做的菜可难吃了，只能倒给我家的狗吃！"

这时隐身而去的小黑龙直嘀咕道："难吃得只有狗吃，人不吃……啊，难道宠物兽在地球的地位比人类要低下？"

这时，只听见爷爷说道："齐齐、乐乐，你们今晚想吃什么菜，爷爷去给你们做！"

齐齐："爷爷，我想吃红烧鱼！"

乐乐："我想吃土豆烧肉！"

爷爷："好好好，我去给你们做去！"

说罢，爷爷便进厨房做饭去了。

乐乐与齐齐没有注意到，隐身而去的小黑龙也跟随在爷爷的身后走去厨房了。

原来，小黑龙因为好奇地球的美食，所以跟爷爷去厨房了。

乐乐与齐齐在房间里玩游戏机，而小蓝龙却寻找隐身的小黑龙准备决战了。

可是，它找遍了房间的里里外外，都没发现小黑龙的踪影。

小蓝龙："奇怪了，就这么几分钟，它跑哪里去了？难道它去屋后的山坡等我决战了？不行，我得去看看，免得它说我是胆小鬼！"

想到这里，小蓝龙便出门了。

小蓝龙下了楼，往屋后的山坡走去。

它来到屋后的山坡上，大声地叫唤："小黑龙，你在哪里呀？"

可却只有大山的回音：小黑龙，你在哪里呀？

喊了好一阵，小蓝龙纳闷地嘀咕道："没有回应我，奇怪了，难道它没有来后山？还是它不敢与我决战……躲起来，故意不见我？"

第五章/
双龙兽决战闹剧

小蓝龙下了山坡往回赶。

而此时，在乐乐家的厨房里，爷爷已烧好了一盘土豆烧肉。

爷爷把菜放在一旁的灶台上，正准备去炒另一个菜。

这时，隐身的小黑龙走了过来。

只见它跳上灶台，从盘子中抓起了一块土豆，塞入嘴中想品尝一下，结果被烫得吐了出来。

小黑龙："哇，味道还真不错!"

它又抓起一块红烧肉来吃，这次感觉味道鲜美极了!

小黑龙："哇，实在太好吃啦!"

小黑龙说着竟然低头端起了盘子，直接舔吃了起来!

爷爷此时正在认真地做红烧鱼，他先把红烧鱼煎好，然后加汤水煮。

正当爷爷准备把刚才烧好的土豆烧肉端到客厅的餐桌上时，竟发现盘子空空地飞起来了！

更令人惊奇的是，有一块红烧肉在空中飞行。

其实，这块红烧肉正被隐身的小黑龙抓在手里。

乐乐爷爷走过去，准备顺手抓过盘子接住那块红烧肉。

隐身而去的小黑龙见爷爷过来抢了，赶紧把那块红烧肉往嘴里一塞，随手扔了盘子从灶台上跳了下来，直往门外跳蹿。

爷爷被眼前的情景惊呆了："啊，天哪，红烧肉怎么凭空消失了？"爷爷上前两步，接住了从空中掉落的盘子。

这时，小蓝龙从门后蹦蹿了进来，差点撞翻爷爷手中的盘子。

爷爷："小蓝龙，什么事让你这么慌乱？"

小蓝龙朝他"叽叽"地叫了两声，并打手势告诉爷爷，它在找东西。

爷爷："你在找什么？对了，刚才是不是你偷吃了我做的红烧肉？"

小蓝龙急得直摆手，它想用人类的语言告诉爷爷不是它偷吃的。

可是又怕爷爷突然见它会说话了抓它去做生物实验，所以，它又忍住了。

爷爷："不是你偷吃的才怪呢，平时，你比乐乐还要好吃！"

说着，爷爷走过来，准备去抓小蓝龙！

当他刚把小蓝龙抓到手里，小蓝龙便急得大声地叫唤了起来："不是我，真的不是我，主人，救命啊，古怪生物学家要解剖我啦！"

乐乐与齐齐应声跑到厨房。

乐乐:"怎么啦?爷爷,您干吗欺负小蓝龙?"

爷爷:"什么怎么啦?我还得问你们这是怎么了?"

乐乐尴尬地挠了挠后脑勺,假装不解地问道:"爷爷,刚才发生什么事了?"

爷爷:"刚才,小蓝龙偷吃了我做的土豆烧肉,而且它还突然能说话了,这是怎么回事啊?"

乐乐:"爷爷,您不是生物学家吗?这事,我们还得向您请教呢!"

爷爷:"可是,这事已经超出我研究的范围了啊!"

而后,他又一副奇怪的表情嘀咕道:"是不是它吃了我烧的土豆烧肉,基因突变进化成地球生物了?"

齐齐:"爷爷,您是不是在菜中加入了基因突变剂?"

爷爷:"没有啊,这是我们自己吃的,我哪敢乱加啊!"

乐乐:"那肯定是小蓝龙的基因中天生有语言复制基因,所以,它就会学说我们的语言了!"

小蓝龙此时怕被爷爷解剖,早已躲到了乐乐的身后。

爷爷:"唉,我好不容易烧了一盘超级棒的土豆烧肉!却被它偷吃了,真是生气!"

齐齐:"没关系啊,其实爷爷,我最爱吃的是您做的红烧鱼,土豆烧肉没了,我们就吃红烧鱼吧!"

爷爷:"那好吧,乐乐,管好你的小蓝龙,我继续去烧鱼了。"

"下次让我再见它偷吃,就严罚它!"

小蓝龙听到这里,心里很不高兴:"唉,被冤枉的滋味真不

好受。可是，到底是谁偷吃了红烧肉呢?"

"对了，一定是它干的!"小蓝龙的脑海中突然冒出了小黑龙，这让它灵机一动，肯定地猜测道。

只见它跑到宠物兽房间里，用 Kepler－22b 行星独特的隐声语言气嘟嘟地大叫道:"小黑龙，你快出来!"

只见房间里闪过一道蓝光，便见小蓝龙已置身于平行空间中的另一个偌大空旷的房间里了。

这时，小蓝龙的眼前闪过一道黑光，便见小黑龙飞身跃出。

小黑龙直冷笑着:"找本黑龙兽有啥事啊?"

小蓝龙指了指小黑龙，气恼地说道:"你太可恶了，一来就让我帮你背黑锅!刚才是不是你偷吃了土豆烧肉?"

小黑龙:"怎么，地球美食就你能吃，我不能享用吗?"

小蓝龙:"原来真是你偷吃了!害得我替你挨骂，真阴险!"

小黑龙:"是我干的又怎样?"

小蓝龙:"我来替乐乐主人好好教训你!"

小黑龙:"你教训我?嘿嘿，还不知你能不能打过我呢。"

"哼，我会怕你，我就不是小蓝龙了!"说着，小蓝龙飞身上前猛扑过去，小黑龙飞身一跃，躲闪开了小蓝龙的扑击。

小蓝龙追扑过去，小黑龙飞起一脚又把小蓝龙踢到了一旁。

小蓝龙飞到空中，站立住，张嘴朝下边的小黑龙喷吐出了一股蓝色的能量流。

小黑龙见一股超强的蓝色能量流朝自己喷击而来，它仰天大吼一声:"超强黑能量!"

便见从小黑龙的口中喷出一股黑色的能量流，朝迎面而来的那股蓝色能量流冲击而去。

只见一蓝一黑两股能量流在半空中撞击到一起，发出了巨大的"轰隆"声！小蓝龙与小黑龙则被这两股巨大的能量流冲击出了老远。

这时，刚吃过饭正在房间里下棋的乐乐与齐齐听到"咕咚"一声巨响，感觉房子在摇晃。

齐齐："哇，地震了！赶紧躲到桌子底下去！"

乐乐却想了想，一脸镇定地说道："齐齐，你就别大惊小怪了，如果我猜得没错的话，肯定是小黑龙与小蓝龙在平行空间中决战了！"

齐齐："啊，这么说，它们真打起来了！? 我们要不要去劝架呀？"

乐乐："那当然……来不及了，估计它们都已经打完了。况且，我们也没法进入平行空间！"他的话还没说完，便见小蓝龙与小黑龙从平行空间中相继飞窜而出掉落在房间的地板上。

它们浑身被能量流灼伤得很严重，不同的是小黑龙的身子被蓝能量流灼烧成了蓝色，而小蓝龙的身子却被黑能量流灼烧成了黑色。

它们疼得在地上直打滚。

小黑龙："哎哟，疼死我了！"

小蓝龙："臭黑龙，害我差点毁容了！"

小蓝龙从地上爬起来，气恼地冲小黑龙说道："你等着，下次看我怎么教训你？"

小黑龙就地一滚，爬起来冷笑道："嘿嘿，这次，我只用了

三分之一的能量，就把你击得变成小黑子了；下次，如果我能量再用大点，你一定会败得更惨!"

小蓝龙："少吹牛了，你用了三分之一能量，我告诉你，我刚才只用了十分之一的蓝龙能量。"

乐乐在一旁劝解道："嘘，你们都别吵吵嚷嚷的了，我爷爷在烧菜，要是被他听到了，你们都要被抓去实验室解剖了!"

小蓝龙与小黑龙停止了吵架，因为在它们的眼里：乐乐的爷爷，不但是乐乐的长辈，也是它们的"克星"，如果把他得罪了，它俩都得挨罚了。

这天晚上，乐乐给它们分配床位。

原来，乐乐家给小蓝龙住的是在乐乐的儿童套间房内的一个稍小的房间。

房间里安置了一张双层床。

小蓝龙先来，睡在下面一层，小黑龙后来，当然只能睡在上面了。

乐乐："小黑龙，你晚上就睡上床吧。你们一定要和平相处啊，要是再打架，我就让你们去住狗窝!"

小黑龙吓得保证道："是，主人。我不要住狗窝，我要住这里!"

小蓝龙不屑地瞪了小黑龙一眼，乖巧地爬到下铺去睡了。

小黑龙则飞身一跃，跳上了上面的床。

乐乐："好了，你们好好睡吧，我出去了!"

小蓝龙："主人晚安!"

小黑龙："乐乐主人晚安!"

　　这天晚上，小蓝龙睡到半夜，突然感觉有什么热水滴到了它的脸上。

　　它擦拭了一把，一股奇异的骚臭味扑鼻而来。

　　小蓝龙抬头一望，直惊呼："啊，小黑龙这小子，竟然尿床了！唉，真倒霉！看来，明天得让它睡下面了！"

第六章
小黑龙学校闯祸

第二天一早，爷爷进乐乐的房间叫醒了乐乐，然后祖孙俩一起跑步去了。

在宠物房里，小蓝龙提前醒来，它跳到上床，拍了拍小黑龙，大声地叫唤道："小黑龙，该起床了，太阳晒着屁股了!"

小黑龙睁开蒙眬的睡眼，不快地嘀咕道："太阳在哪，我咋没看到呀? 一大早就叫，吵死了!"

小蓝龙指着小黑龙，说道："你不是要保护乐乐吗? 人家都出去了，你却还在这里睡懒觉!"

小黑龙直惊呼："啊! 你怎么不早点叫醒我呀?"说完，便从床上弹跳而起，准备往门外跑去。

小蓝龙在后面叫住了它："别去追了，你找不着他的，就在这等他们回来吧。"

小黑龙："那好吧。对了，待会儿乐乐主人还会去哪，你先告诉我一声。"

小蓝龙："待会儿乐乐主人要去学校上学。小黑龙，你可不能跟去，会吓着他同学的！"

小黑龙："那你呢？"

小蓝龙挺胸、自豪地说道："我当然能去了，因为他们班的同学都认识我了！"

小黑龙："不行，我也要去！"

小蓝龙："你不能去，你去只能添乱子！"

小黑龙："什么添乱子？我是去保护乐乐主人啊！对了，学校好玩吗？"

小蓝龙："当然好玩了，有很多学生，可好玩啦！而且，他们都是我的粉丝！"

小黑龙："那我这么酷、帅气，更应该去啦！"

小黑龙想了想，突然扭头望向小蓝龙，说道："小蓝龙，你的后背上有灰尘，你蹲下身子，我来帮你拍掉！"

小蓝龙应声蹲下了身子。

"黑能量瞬间隐定！"小黑龙乘小蓝龙不备，从小蓝龙的身后朝它发动了攻击，小蓝龙的身子一下子便被它定住了，并倒下隐形不见了。

小黑龙："嘿嘿，搞定你了！我可以陪乐乐主人去上学啦！"

没多久，乐乐便与爷爷跑步回来了。

隐身的小黑龙站在宠物间里等乐乐。

爷爷进实验室工作了，乐乐的手里拿着早餐，走进宠物间，

说道："你们快起来吃早餐了，我给你们带回了牛奶和面包。"

小黑龙走过来："谢谢乐乐主人，我来领早餐。"

乐乐随手给了它一份。

乐乐："咦，小蓝龙怎么不见了！"

小黑龙："小蓝龙说它今天有点累，叫我陪你去上学，它出去透气了。"

乐乐："可是，你这模样，怎么能去我们学校呢？会吓着老师与同学们的！"

小黑龙："主人别担心，我可以隐身的，除了你，你的老师与同学都看不到我的。"

乐乐："那好吧，你可以去，但是不能在学校捣乱啊！"

小黑龙："放心吧，乐乐主人，我会表现良好的！"

"对了，主人，把剩下的牛奶和面包也给我吧。"

乐乐："这是留给小蓝龙的！"

小黑龙："我替它去工作了，当然，它的食物也该归我吃了，对吧，乐乐主人！"

乐乐（直挠后脑勺）："这……"

小黑龙一把从乐乐的手里夺过牛奶和面包，便大口大口地吃了起来："嗯，真好吃，地球美食真好吃！"

乐乐背着书包去上学了，隐身的小黑龙跟随在后走着，边走边警觉地东张西望并嘀咕："哪里有坏蛋？紧急防备！"

他们走在马路边，突然，前面有一些汽车朝乐乐这边的方向行驶过来。

小黑龙："啊，不好，有机器怪兽攻击！"

只见它挥出双爪，朝前一推，便从口中吐出了一股黑色的能量流朝那些汽车冲击而去。

那几辆汽车停止了，任司机怎么踩离合器、踩油门都无法发动汽车。

"怎么回事？仪器显示都正常啊，这地方怎么这么玄啊！"

"真是大白天撞鬼了！"

"奇怪了，怎么这么多车都没法启动？难道这地下有超强磁场？"

"不对，依我看，肯定是有隐形外星飞形器在我们的头顶上！"

"哈哈哈，你这小子，大白天做白日梦吧？"

"是呀，肯定是科幻电影看多了，走火入魔了！"

乐乐与小黑龙从那几辆车边往前走出老远，那些汽车方才能启动。

小黑龙反复用同样的方法，保护乐乐安全地过了几条马路来到了学校门口。

学校门口的广播在播报着今天的新闻："刚才，南市区因未知原因发生交通堵塞，有部分车主怀疑有外星飞行器光临本市，具体情况请继续关注本台记者的报道！"

乐乐走进校门后，学校的大门便自动关上了，小黑龙被挡在门外进不去，急得它直挥拳踢脚地撞击大门。

只听见"嗵嗵嗵"的几声，大门便被撞击出一个大洞！

门卫室的保安直惊呼："奇怪了，这大门怎么自己坏了？难道是那个'太空娃'——乐乐有特异功能？看来这账得算在他的

头上了!"

隐身的小黑龙从洞口钻入校园后,便旋风般地飞跑着,直追乐乐而去。

小黑龙迎面撞倒了几名男老师与一名女校长,女校长气呼呼地从地上爬了起来,气恼地说道:"谁撞倒我!奇怪了,怎么看不到呢?"

女校长跑过去责备门卫: "你们把什么奇怪的东西放进来了?"

这时,乐乐刚走到教室门口,语文老师蓝老师正在给大家布置早自习需要预习的功课。

蓝老师:"同学们,今天早上大家预习第六课的唐诗,上午第三节课将学习这首新唐诗!"

乐乐刚一进教室,身后关上的门又被"呼"的一声打开了,教室门被撞出了一个大洞。

蓝老师:"周乐乐,你怎么啦?"

乐乐委屈地:"老师,不关我的事啊!"

蓝老师:"可是,这门是你进来后就跟着被打烂的,只能怪你!"

乐乐在心里直嘀咕:"一定又是小黑龙干的,看来下次再也不能带它来学校了。"

他只好委屈地答道:"那好吧,我赔!"

早自习一结束,同学们都围了过来,好奇地问道: "乐乐,你又有什么新的特异功能啊?是啊,我们都亲眼看到了,你刚才发射出一股超能量,把教室的门击出一个大洞来。"

"还有,我刚才听说学校大门也被你的能量撞出一个大洞!"

"对了，乐乐，你的宠物兽——小蓝龙今天怎么没带过来啊?"

"乐乐，你是不是换宠物兽了，你现在的这只能隐身，是吧?"

乐乐一脸无可奈何："你们胡说什么呀，没这回事!"

乐乐的同学兼好朋友——齐齐走过来，把乐乐拉到一旁，轻声地问道："乐乐，你是不是真把小黑龙带来了?"

乐乐点了点头，小声说："是。"

齐齐一幅余惊未了的样子，直擦拭着额头的汗水，庆幸地嘀咕道："还好，幸亏我把它送回你家了，看刚才那砸门的阵势，我家的房子保准要被它拆了!"

第七章
小蓝龙教训小黑龙

这时，班主任刘老师走了进来对乐乐说道："周乐乐，王校长叫你去她的办公室，快去吧!"

乐乐一走，同学们便七嘴八舌地替乐乐担忧。

"糟了，乐乐这下倒霉了!"

"是呀，我记得去年咱们班有一位同学被王校长叫去训话后，没多久就被开除学籍了!"

"那个女'圣斗士'叫乐乐去，一定没啥好事!"

"看来，乐乐可有麻烦了!"

果真，在王校长的办公室，她正严厉地批评着乐乐："周乐乐同学，请你坦白交代，你今天带了什么奇怪的东西来学校?

"为什么学校会损坏那么多的公物!

"为什么被撞伤的人却看不到那奇怪的东西?"

乐乐抬起头来，一脸无辜地说道："王校长，这些真的不是我干的!"

王校长:"好啊,犯了错误还不肯承认,我罚你马上背一首唐诗,背不出来就打手心。"

乐乐一脸尴尬地请求道:"那您得让我想想啊,我又不是复读机,哪有那么快呀?"

王校长:"给你一分钟时间,快想吧!"

乐乐直挠后脑勺想了想,背道:

九月九日忆山东兄弟

独在他乡为他客,每逢佳节倍思亲。

遥知弟弟登高处,遍插芦蒿少一人。

王校长气得鼻孔冒烟地训道:"真是孺子不可教也!你这背的是哪门子唐诗啊?"

乐乐:"王校长,这诗是我们今天早上才预习的,我就看了一遍,这不,我还不会背呢!"

王校长一脸严肃地说:"周乐乐同学,把你的手伸过来!"

乐乐胆怯地说:"王校长,您真要打我呀,那能不能轻点呢?"

王校长语重心长地对乐乐说道:"乐乐同学,如果你再不好好学习,将来受到的惩罚,将会比打手心重一千倍。"

乐乐抬起头来,一副知错便改的样子,答道:"好的,我会努力学习的!"

"对了,您不会再打我手心了吧?"

王校长:"背错了,当然要挨罚了。罚完,我再告诉你正确的诗句。"

说着,王校长从她的桌子上拿起了一根教鞭,往乐乐伸出的手上抽去。

被打了十下后,隐身的小黑龙见此情景,在心底惊呼:"糟

了，有人伤害乐乐主人，我要保护主人！"

小黑龙伸出双爪往前一推，表情严肃地嘀咕道："受袭击的目标大转移！"便见一股黑色的能量流飞向了王校长击打的乐乐的手心，并形成一股龙卷风状能量流，能量流快速地环绕了起来。

而"龙卷风"的另一头，对准了王校长的手背。

王校长刚打两下，便感觉自己的手背上火辣辣的疼。

王校长："咦，奇怪了，怎么打的是你，疼的是我？"

乐乐直摆手道："我不知道，不关我的事！"

王校长只打了几下，便停止了打乐乐的手。

王校长："唉，你这顽固不化的孩子，竟然暗自用特异功能教训起校长来了！"

乐乐一脸哭笑不得的神情："真的不是我干的，王校长，我没打您！"

王校长生气地训话道："你先回教室吧，明天叫你爷爷来学校一趟！"

从校长的办公室出来后，乐乐没有回教室，而是去了他常常与小蓝龙一起玩耍的学校后面的一片草地。

乐乐忽地扭头，气呼呼地说道："小黑龙，我知道你一定跟着我来了，你快出来！"

小黑龙现身而出："乐乐主人，我在这呢！"

乐乐："小黑龙，你坦白告诉我，刚才那些坏事是不是你干的？"

小黑龙："是的！我是为了保护你才那样做的！"

乐乐："那你为什么要弄坏学校的大门和教室的门？"

小黑龙："这就更加不能怪我了，只能怪地球上的门太不结实了！"

乐乐气愤至极，朝小黑龙大吼："害我替你背黑锅，小黑龙，我讨厌你！"

小黑龙小心地赔罪道："对不起，乐乐主人，下次我会轻点的！"

乐乐气得又朝它大吼："什么，还有下次？我今天被你害惨啦！下次再也别跟我来学校了！"

小黑龙："哦，那好吧！"

这时，远远地传来了学校的广播："周乐乐同学，请听到广播后速到教室上课，老师正到处找你！"

乐乐转身准备回教室。

小黑龙也想跟去，乐乐扭头对它凶巴巴地说道："你离我远点，不要跟我回教室！"

说着，乐乐头也不回地走了。

乐乐边走边气呼呼地在心底嘀咕道："小黑龙，可真是条邪恶的瘟龙，到哪哪倒霉！唉，小蓝龙去哪儿了呢？"

再说小蓝龙，它被黑能量瞬间隐定术推置到了平行空间中，昏睡了一大觉。

醒来后，它的手脚便能运动自如了，它穿越平行空间，飞窜到了乐乐的房间。

小蓝龙："这可恶的小黑龙，把我打昏后跟主人去学校了。糟糕，一定去闯祸了，我得赶紧去看看。"

小蓝龙说着便出了门，直往学校赶去。

半个小时后，小蓝龙到了乐乐的教室门外。它发现隐身的小黑龙正耷拉着脑袋站在教室窗外。

小蓝龙从后面走过去，一把揪住了小黑龙，用"瞬间移动"的功能，把它抓到了学校后的那片空旷的草地上。

小蓝龙一拳击向了小黑龙，并恼怒地说道："快说，你来地

球有什么不良的企图?"

小黑龙自知这次理亏没有反击。

小黑龙:"目的不是告诉你们了吗,我是奉黑龙兽国王之命来地球保护乐乐主人的。"

小蓝龙:"你来保护乐乐主人?你不给他添乱就不错了!"

小黑龙:"被你说中了,今天给他添了不少乱子,还真是有些过意不去。"

小蓝龙:"你是个只会干坏事的家伙,要想不给他添乱,你还是滚回山洞去吧!"

小黑龙有些失落:"你们真不需要我?"

小蓝龙扭头哼了一声:"那当然了,你留下来只能添乱,不能干好事!"

小黑龙:"那好吧,我走了,主人有事,记得要及时联络我哦!"

小蓝龙:"知道了,你快走吧,我不挽留你,主人更不欢迎你!"

小黑龙飞身而起,扭头说道:"我在山洞基地等你们,你们有事,要记得通知我啊!"

只见一道黑色的能量光在空中一闪,小黑龙便不见了踪影。

小蓝龙隐身,来到学校大门前,利用蓝龙能量把学校的大门修复好了。

随后,它又来到学校的教室外,从窗口往里望去,同学们都趴在桌上睡午觉。

小蓝龙心想:"趁大家没醒,我得赶紧把教室门修理好。"

想到这里,它便施展蓝龙能量,挥掌往教室门上的破洞口处一推。

只见一股蓝色的能量流柔软地朝教室门洞上击去,而后,小蓝龙顺势轻轻地一推一拉,便见破门复原成原来的没坏的模样。

忙完后，小蓝龙走到正趴睡的乐乐身旁，拉了拉他的衣袖叫醒了他。

乐乐抬起头来，惊喜地说道："小蓝龙，你怎么来了？太好了！"

小蓝龙："主人，学校的大门与教室门我已经替你修补好了，还有什么事需要小蓝龙帮忙的吗？"

乐乐："是吗？那太好了，看来今晚回去不用挨爷爷骂了。"

乐乐高兴得抱起小蓝龙，并把它高高举起转圈、欢呼着。

这时，同学们也醒来了。

大家见小蓝龙来了，欢喜地围涌了过来。

"小蓝龙来了！哇，真是小蓝龙呀！小蓝龙，这次表演什么特异功能给我们看？"

小蓝龙："我这次表演的特异功能就是修铁门，你看，你们的教室门与学校的大门都被我修好啦！"

同学们扭头看了看他们的教室门，直欣喜地欢呼道："哇，真是的！小蓝龙，你太伟大了，我们爱死你了！这下好了，乐乐不用挨罚了！小蓝龙，你是我们心目中的超级 hero（英雄）！"

"小蓝龙，你是我杨胖胖的偶像，I love you！"

"啊，天哪！"小蓝龙见大家朝它越走越近，吓得扭头对乐乐说道："主人，我的粉丝太多了，我先撤了，回家见！"

小蓝龙说着，一弹跳，便不见了踪影。

同学们遗憾地叹气道："唉，又让它跑了！是呀，我还想同小蓝龙拍张合影，回去给我老爸看呢，免得他老说我瞎吹牛！"

"想要看小蓝龙呀，我这有它的相片，来来来，大家把手机号码告诉我，我送大家每人一张！"齐齐举起自己的手机，招呼同学们道。

"太好了！齐齐，太感谢你了！齐齐，我们爱死你啦！"

这天下午，齐齐与乐乐回到了乐乐家，发现小黑龙不见了。

他们正四处寻找小黑龙时，小蓝龙从门外走了进来，对他们说道："你们别找小黑龙了，它回山洞基地去了。"

乐乐："啊，它为什么要走呀？"

小蓝龙："小黑龙这次还算有自知之明，它怕给你带来更多的麻烦，所以回山洞去了。"

乐乐："哦，那我们周末再去看它吧。对了，齐齐，小黑龙可贪吃了，我们这几天，多攒点食物，周末我们一起带去山洞给它吃吧。"

"是吗，那好啊！"齐齐欢快地答道。

这时，爷爷回来了，他一脸严肃地望了望乐乐，说道："乐乐，今天是不是又在学校闯祸了？"

乐乐低下头，小声地认错道："门被弄坏了，但是，后来又被小蓝龙修好了。"

爷爷郑重地教训道："下次可不许再犯同样的错误了。"

第八章／黑暗势力即将来袭

在遥远的外太空，卡沙它们的飞船正停在黑洞中。

卡沙正在与 N 斯博士进行视频会议。

卡沙："博士，为什么我们抓走了叶兰后，他们不派兵来解救？"

"这也太出乎我的意料了，本想把他们一网打尽，现在看来，这办法行不通，我们只能另想办法了。"

卡沙："那您认为什么办法最有效？"

N 斯博士："稍等，让我查一下可用信息。"

N 斯博士忙碌了一阵后，抬起头来，欣喜地对卡沙说道："有了……"

卡沙："博士请讲……"

N 斯博士："我查询了太空系统的未来时空区。在叶兰与周

勇的未来时空区,我发现在 2036 年,周勇与叶兰将再次离开地球,他们那时在地球留下了一个八岁的孩子,名叫乐乐。如果我们能穿越时空,把那个孩子抓来,叶兰、周勇与白矮星外星人,一定就会乖乖地给我们送上巨型能量球了!"

卡沙:"博士英明,好办法!"

N 斯博士:"既然如此,那你马上去办妥这件事。"

卡沙:"是,我们马上出发!"

地球的未来时空区,在空旷山洞中的外星飞船基地,小黑龙正躺在飞船内的充电器上充电。

突然,它身前的声讯系统"嘀嘀"地响了起来。

小黑龙:"啊,国王发来信息了!"

它起身,来到电脑前,打开系统屏幕。

只见屏幕闪了几下,出现了黑龙兽国王的头像。

黑龙兽国王:"小黑龙将士,未来时空区的地球情况怎样了?"

小黑龙:"报告国王,这里一切正常!"

黑龙兽国王:"这么说来,卡沙它们的邪恶势力还没有入侵到地球的未来时空区。"

小黑龙:"国王,地球上太安静了,在这边呆得好闷,我什么时候能回去?"

黑龙兽国王:"再等一段时间吧,等确定地球没有危险后,你就与小蓝龙一起回 Kepler－22b 行星。"

小黑龙："哦，那好吧！"

这时，黑龙兽国王那边传来了一阵嘈杂的声音："糟糕，卡沙它们的飞船穿越时空，去了地球的未来时空区！快，发太空快讯邮件给蓝龙兽国王与周勇，叫他们一起来我们这里协商对策！"

这时，屏幕再次闪现出了黑龙兽国王的画面，只见它郑重地对小黑龙说道："卡沙它们的邪恶势力已赶往地球的未来时空了，你们要小心应对，千万不要让乐乐被它们抓走了！"

小黑龙："遵命，我们会小心保护乐乐的！请国王放心，我们不但要保护好乐乐，而且还会尽全力保护好地球！"

再说，那次在 Kepler－22b 行星，周勇见叶兰被古达抓走了之后，他立即飞去追赶古达变形的飞船，却被星辉公主的巨型母船在半空中吸入了飞船舱内……

当他再次睁开眼睛的时候，发现星辉公主正站在自己的面前。

而洪崖兽将军却在飞船的主控系统前操控着巨型母船的"太空侦敌搜索"监控系统，搜索着 0078 号黑洞飞船的航向。

周勇急切地问星辉公主："公主，我们现在准备去哪里？"

星辉公主："我们正在追踪黑洞飞船，以便把叶兰给营救回来！"

一听到叶兰的名字，周勇又难过地流下了眼泪："唉，这次她真的陷入困境了，能不能脱险就看她的毅力了！"

星辉公主："别担心，我相信叶兰不会被它们彻底打败的。"

周勇："但愿如此吧！"而后，他好奇而又急切地问道："我

们还要等多久才能去救她?"

洪崖兽将军:"只要它们停止前进在哪个星岛上停歇下来后,我们便可以去营救她了。"

周勇急切地问道:"那还要等多久?"

星辉公主:"周勇,你要冷静!你现在这冲动的情绪,不但不能救出叶兰,反而会害了你自己!"

周勇:"好的,我尽量冷静!"继而他又急得在飞船舱内走来走去地说道:"可是,叶兰被抓走了,我真的没法冷静下来啊!"

洪崖兽将军:"目标已停止了前进,它们往 PH1 行星飞去了!"

周勇:"洪崖兽将军,那我们赶紧往 PH1 行星赶去吧!"

洪崖兽将军:"PH1 是一颗温度超高的气体行星,因为在它的周围有着四颗恒星!"

周勇:"如此高温,咱们的母船能靠近它吗?"

洪崖兽将军:"就算能靠近,也不能让你暴露了身份,我们只能把你送到 PH1 行星的外太空。"

星辉公主:"PH1 行星上温度超高,你们人类是无法在上面生存的,除非是……"星辉公主欲言又止。

周勇:"那星辉公主的意思是? 能说明白点吗?"

星辉公主:"这个,我也不敢太确定,不过我估计叶兰不可能整个人被关押在那,它们可能把叶兰身体中的某一部分关押在那个高温的气体星球。"

周勇吓得一脸惊诧地:"你的意思是,它们要把叶兰的身体肢解？"

洪崖兽将军："不，公主的意思是，叶兰的灵魂有可能被它们抽空，关押在那个星球！"

周勇："啊，抽离灵魂！那哪能活得成啊？赶紧去救回叶兰吧！你们不用送我，以免暴露目标，我自己驾隐形光能飞船前往便可。"

洪崖兽将军："那不行，要想平安地营救出叶兰，我们得进行周密计划才行！"

星辉公主："是的，如果行动不果断、周密，不但救不了叶兰，反而会害了她！"

周勇垂头丧气："唉，那好吧，也只能这样了！"

星辉公主走到飞船的主控系统前，查询了一下"太空侦敌搜索"监控系统，扭头对周勇说道："古达的飞船只在 PH1 行星做了短暂停留便离开了！"

洪崖兽将军："这么短的时间，只够他们输送灵魂到这星球上的监狱。"

"赶紧利用光能系统，扫描查询它们飞船上现阶段的灵魂种类！"

星辉公主快速地击打着面前的操作系统键盘查询着。

星辉公主："系统查询显示，飞船上已无地球生物的灵魂代码，估计叶兰灵魂已被他们搁置在 PH1 行星上了！"

洪崖兽将军："看来，他们在 PH1 行星上果真有监狱！"

周勇："啊！那我赶紧去救出叶兰的灵魂！"

洪崖兽将军："当然可以，但要先进行周密计划，争取一次顺利救出叶兰的灵魂！"

这时，星辉公主惊诧地叫了起来："黑龙兽国王发来急讯了，他们说卡沙它们的 0078 号黑洞飞船正在赶往地球的未来时空区。它们的目的是去抓地球未来时空区的乐乐，黑龙兽国王希望我们先去拯救地球与乐乐！"

周勇果断地说道："告诉他们，我们现在要去营救叶兰，暂时不能赶去。"

星辉公主照周勇的话回复了过去。

星辉公主再一次收到黑龙兽国王的回执急讯后，直捂嘴惊呼："啊!?"

洪崖兽将军急切地问道："怎么啦？"

星辉公主："他们回复说，这乐乐不是别人，而是周勇与叶兰在未来地球时空的儿子！"

周勇："不会吧，我与叶兰都没回地球，哪来的儿子啊？"

洪崖兽将军："会不会是卡沙它们冒充黑龙兽国王发来的假信息？"

周勇："对，一定是他们在地球的外太空区故意布了个陷阱，正等着我们去自投罗网呢！"

星辉公主："等等，他们传输来了两张乐乐的照片，周勇，你快过来看看！"

周勇惊诧纳闷地："啊，不会吧，还有照片?!"

周勇与洪崖兽将军走过去看。

周勇惊诧地发现那两张照片，一张是一个小男孩神气十足的双手抱肩状照片，上面写着：爸爸、妈妈，我想念你们！

另一张则是那男孩与周勇父亲的合影。

洪崖兽将军急切地问道："怎么样？周勇，他长得像你儿子吗？"

周勇一口否认："我哪有儿子啊，我与叶兰还没结婚生子呢！"

洪崖兽将军："那一定是卡沙它们的诡计了，不用去理会，我们继续去准备营救叶兰！"

周勇："请等一等，我的解释还没有说完呢！"

星辉公主略带好奇："那快讲啊……"

周勇："可是，奇怪的是这照片上的两个人，还真是很像我的家人！"

洪崖兽将军声音严肃地问道："你有什么依据吗？"

周勇："这个小男孩长得很像我小时候，至于这位老先生，倒是同我爸长得一模一样，但是，我爸现在还没这么老呢。"

洪崖兽将军："他们如果真是你未来时空区的亲人的话，你爸应该就有这么老了！"

星辉公主："我来帮你查一下，你在地球未来时空区的亲属资料……"说着，星辉公主便快速地敲打着光能键盘。

很快，系统屏幕上显示了一张周勇、叶兰、儿子及爸爸的全家福照片。

星辉公主："啊，果真与那照片上的一模一样！看来，我们必须先去营救乐乐了，要是不能把他营救出来，你与叶兰就没有未来，也不可能回到地球了！"

周勇："啊，会有这么严重呀？"

洪崖兽将军："那当然了，这是时空存在的规律，一旦时空规律被打破了，就没法修复了。"

星辉公主："看来，卡沙它们的目的很明显，一来可以毁坏你的未来时空区；二来就算阴谋败落，它们也可以要挟我们拿巨型能量球去与他们交换乐乐与叶兰！"

一语惊醒梦中人，周勇恍然大悟地说："看来，这是 N 斯博士与卡沙它们一箭双雕的阴谋！"

洪崖兽将军："我们马上去 Kepler－22b 行星，与蓝龙兽国王、黑龙兽国王商议营救你儿子的事。"

周勇："是，将军！"

星辉公主却略开玩笑地说："周勇，恭喜你，你升级做爸爸了！"

周勇啼笑皆非地说："这儿子来得太突然了，我一时还没法去适应升级呢。"

洪崖兽将军走过来拍了一下他的肩膀，鼓励道："没关系，等你见到他，你就会习惯了，加油！"

星辉公主庆幸地说道："还好，我之前有派一只光能兽留守在地球上的未来时空区，让它随时保护周勇与叶兰的亲人！相信那只光能兽已在暗中保护乐乐了。"

洪崖兽将军欣喜地说："很好！赶紧联络那只光能兽，了解地球的情况。"

星辉公主在"防御军"系统中输入了那只光能兽的系统编号，既而系统画面一闪，便用遥感视频连接上了那只光能兽。

星辉公主："地崖兽将士，你的任务现在进行得怎么样了?"

地崖兽将士："报告公主，我已找到了周勇与叶兰在地球未来时空区的亲人——周乐乐！我正严密暗中保护他。"

星辉公主："很好，有一个不好的消息要告诉你，卡沙它们的邪恶势力即将入侵地球未来时空区，它们的主要目的就是抓走周乐乐。所以，你要严加保护，而且，不能让地球人知晓你的存在！"

地崖兽将士恭敬地行礼道："遵命，公主！"

一切布置完毕，星辉公主、洪崖兽将军便驾驶着"白矮星号"巨型母船往Kepler-22b行星赶去。

第九章
山洞基地美食招待

此时，在地球的中国，乐乐所在的学校。

今天是周五，放学后乐乐再三交代齐齐："明天是周六，我们一起去山洞中探望小黑龙!"

齐齐："好啊，我准备了很多好吃的东西。对了，乐乐，你准备了什么好吃的东西给小黑龙吃?"

乐乐："我准备叫爷爷做它最爱吃的土豆烧肉!"

齐齐嘴馋地说道："嘿嘿，那多做点，我也要吃!"

乐乐翘起小嘴，不高兴地说道："你呀，随时都可以去我家吃，还是不要与小黑龙抢吧!"

齐齐："那好吧，我们一言为定，明早九点，在18路公交车站台见。"

乐乐："嗯，好的!"

齐齐："明天见！"

说着，他们便出了校门各自往家走去了。

齐齐回家后，便吵着叫妈妈带他去逛超市，他买了很多自己平时爱吃的零食，因为他以为他喜欢吃的小黑龙也一定会喜欢。

乐乐一到家，便跑去爷爷的实验室，此时爷爷正在做实验，乐乐便牵着爷爷的衣袖摇晃着说道："爷爷，我们今晚做土豆烧肉吃吧！"

爷爷头也没抬地说道："我没空去买菜，你在网上超市订菜，下单时选择送货上门便可。"

乐乐："好的，那我订土豆与肉各三斤①。"

爷爷听后一怔："啊，不要那么多，一样一斤便可！"

乐乐撒娇道："爷爷，太少了不够我们吃！而且，齐齐他也很喜欢吃啊，我们叫他明天来一起吃吧！"

爷爷妥协了："好好好，就听你的！"

一个小时后，超市送来了土豆与肉各三斤，看得爷爷的眼睛一愣一愣的。

爷爷："啊，不会吧，叫送这么多！"

乐乐："嘻嘻嘻，爷爷，您不是做实验没时间做饭吗，那就一次多做些放在冰箱中，我随时都可以热着吃啊！"

爷爷："哈哈，你这小子，好样的，越来越知道体谅爷爷了！"

说罢，爷爷便去厨房做土豆烧肉去了。

---

①斤，中国市制重量单位，1斤＝0.5千克。

乐乐走进了宠物间，见小蓝龙正捧着蓝龙能量球在吸能量，便悄悄告诉它，明天他们将要去山洞中探望小黑龙。

"太好啦!"小蓝龙也很高兴，因为它也很想去山洞中的蓝龙飞船上去多补充蓝龙能量，顺道接收新的太空信息。

这天晚上，爷爷做了很多土豆烧肉，乐乐一口气吃了两小碗。

第二天，早上六点半乐乐就醒了，只见他拿着一个超大的饭盒，里面盛满了一大盒土豆烧肉。

而后，乐乐给爷爷留了一张字条在桌子上，便与小蓝龙一起出发去车站等齐齐了。

乐乐一到车站，便用声讯手机呼叫齐齐，很快，齐齐手里拎着一大袋零食出现在了他的面前。

乐乐:"哇，齐齐，你这是零食搬家呀?"

齐齐:"这不是要去看小黑龙吗? 都是送给它吃的。"

小蓝龙在一旁不服气地说:"哼，你们一个个喜新厌旧! 把我这个老朋友忘得一干二净了!"

乐乐与齐齐安慰小蓝龙道:"小蓝龙，你也可以吃呀! 是呀，小蓝龙，你随时都可以吃的!"

小蓝龙甩了一下头，嘀咕道:"以前从没见你们对我这么好过! 哼，两个喜新厌旧的家伙!"说着，它便远远地跑开了!

一个小时后，乐乐、小蓝龙、齐齐他们来到了郊区的那座大山脚步下。

他们一起往山上爬去。

而在遥远的太空中，卡沙驾驶着的 0078 号黑洞飞船，正从银河系的 Y 黑洞的出口处飞窜而出。

出了黑洞口后，卡沙便调转了飞船的太空航向，直往太阳系飞去。

在飞船的驾驶室内，卡沙正向 N 斯博士汇报："报告 N 斯博士，0078 号黑洞飞船已快赶到太阳系，请博士下指令！"

N 斯博士阴险地笑着："嘿嘿，棒极了！赶到太阳系的第三颗行星后，你们的飞船要隐形降落地球，不要惊动地球人，火速把周乐乐抓来便可。"

卡沙："是，遵命！"

于是，卡沙把 0078 号黑洞飞船设置成隐形模式，往地球飞去。

而此时的乐乐、小蓝龙、齐齐他们已爬行在那条低矮狭窄的石洞道中。

个子小小的小蓝龙蹦跳着走在最前面。

乐乐与齐齐则俯下身子，在低矮的洞道中往前爬行着。

小蓝龙急得在前面催促着："喂，两位小主人，你们能不能快点啊？"

乐乐："你个子小，而且，又是四条腿跑，我们哪能有你跑得快啊？"

齐齐："是啊，我与乐乐每人还得拎一大袋东西呢，小蓝龙，你走慢点，等等我们啊！"

小蓝龙："谁叫你们那么贪心，带那么多的东西来，这下可好，拿不动了吧？"

乐乐："那你快过来帮忙呀！"

齐齐："还是别叫小蓝龙帮忙吧，它个子那么小，哪能拎得动呀？"

小蓝龙扭头不服气地说道："谁说我个子小就力气小！把你们手中的袋子都给我，我来拎给你们看！"

"呵呵呵，早就想给你了！嘻嘻嘻，你拎着，我们就解放了！"乐乐与齐齐把食品袋递给了小蓝龙。

可令他们感到惊诧的是小蓝龙拎着两大袋东西在手里，竟然像没事一样，立起身子，直往前走去。

乐乐惊诧地说道："哇，小蓝龙的力气真不小呀！"

齐齐却如释重负地说道："唉，总算轻松了！早知道小蓝龙这么能拎，我们就不用这么辛苦了！"

小蓝龙回头说道："我先声明，这次破例，无论下次拿再多的东西，你们都自己拎！"

乐乐不解地问道："为什么呀？"

小蓝龙不服气："凭什么每次都要我给你们拿呀，又不是带给我吃的，哼！"

说着，他们已出了那条低矮、狭窄的洞道。

再往前走没多远，乐乐、齐齐与小蓝龙很快便来到了那个巨大、空旷的石洞。

小蓝龙往那艘蓝色的飞船走去，那是"蓝龙国小型飞船"，它上去补充蓝龙能量，接收、下载信息去了。

乐乐与齐齐却急着在空旷的石洞中寻找小黑龙。

他们边找边喊："小黑龙，我们来看你了！小黑龙，快出来呀，我们带了很多好吃的给你，有土豆烧肉，还有很多的零食。"

小黑龙应声从黑暗的角落处蹦蹿了出来。

小黑龙欣喜地欢呼："嘿嘿，你们来了呀!"

小黑龙体内的星际语言系统把"零食"两个字解读成了"0食"。

小黑龙："什么，你们没有带食物给我?!"

乐乐："不是的，我们带了很多的食物给你!"

小黑龙欢呼："太好了，哈哈，我又有地球美食吃啦!"

说着，只听见小黑龙"呜哇"地欢叫了一声。

它的身上闪过一道奇光，身子便一下子变得巨大无比。

只见它张开巨大的黑龙嘴，朝乐乐与齐齐说道："主人，把你们带来的食物给我吃吧!"

齐齐与乐乐一脸惊诧地："哇，你怎么一下子变这么大呀!哟，小黑龙怎么变成大黑龙了?!"

"是呀，它的嘴巴也太大了吧，看样子，我们带这么多还不够它吃一口呢。"

大黑龙用低沉沙哑的声音问道："主人，你们还在商量什么?是不是不舍得给我吃呢?"说着，它馋得口水直流，眼睛里似乎露出了凶光。

齐齐与乐乐摆了摆手，说道："不是呀!我们马上给你吃!我们得先把袋子、盒子打开，而后再扔给你吃。"

大黑龙："不用扔了，你们打开，放在地上，我便可以吃了。"

齐齐与乐乐打开了零食袋与大饭盒放在石洞地上。

大黑龙向前走了几步便伸出了暗红色的长舌头，三下两下，

便把袋子里与饭盒里所有的食物都吃光了！

大黑龙把嘴里嚼不烂的食物袋吐掉，很享受地舔着嘴角，说道："嗯，地球食物太好吃了，就是太少了点，还不够填我牙缝。"

乐乐："啊！还少了？我们哪知道你一下子会变这么大，能吃那么多呀？"

齐齐："是啊，我们还以为你那么小，我们带这么多，能够你吃上好一阵子了呢！"齐齐也在一旁补充道。

大黑龙吃完后，伸展了一下巨大的身子，头一不小心撞到石洞顶上了。

"唉哟，好疼！这石洞太矮了！"说着，便见它的身子上又闪过一道奇光，巨大的身子又瞬间变小了。

眼前的小黑龙肚子撑得圆鼓鼓的，在石洞中直东来西去地蹦蹿着，叫嚷着。

小黑龙："哇，肚子好饱，撑死我了，撑死我了！"

乐乐与齐齐在一旁笑着说道："呵呵，谁叫你刚才一下子吃那么多呀？是呀，这下知道肚子撑了吧？下次我们给你少带点吧！"

小黑龙忽地停止了蹦蹿，用爪子拍了拍自己圆鼓鼓的肚子，对他们说道："没事没事，我蹦跳几下，肚子就不胀了！下次千万不要少带，地球美食太好吃了！"

乐乐与齐齐被它憨厚、搞笑的样子逗得哈哈直笑。

它们在石洞内玩了好一阵子后，小黑龙突然问："咦，小蓝龙呢？"

乐乐与齐齐说道："它呀，一定上蓝龙飞船了吧？""是呀，可能是去补充蓝龙量了!"

小黑龙:"那你们先在这儿玩会,我去找它有点事。"

乐乐:"你不会又去找小蓝龙决战吧?"

小黑龙:"不是的,放心吧,我不会再与它决战了!"小黑龙说着,便头也不回地走了。

在蓝龙飞船上,小蓝龙正躺在一张能量充值椅上,充值蓝能量,接收蓝龙国的信息。

小黑龙蹦跳着,来到蓝龙飞船前,它伸出黑色的爪子朝飞船的舷窗门一指,便见一道黑色的能量之光撞击向了飞船门,而后,飞船门便"唰"地一下打开了。

小黑龙走上旋梯,上了飞船。

小黑龙边走边叫:"小蓝龙,快起来,我有紧急的事情要通知你。"

小蓝龙闻声一骨碌坐起,睁开了眼睛不解地问道:"吵死了,什么事?我刚补充完蓝能量,差点就能接收到蓝龙国的信息了!"

小黑龙:"在你们来山洞之前,我接收到黑龙兽国王发来的信息:说卡沙的黑洞怪兽军要入侵地球,叫我们保护好乐乐。"

小蓝龙:"什么?卡沙要来地球捣乱了?它们有什么目的?"

小黑龙:"卡沙这次来地球的主要目的是想要把乐乐抓去黑洞城堡,然后要挟我们 Kepler-22b 行星用巨型能量球去换乐乐与叶兰!"

小蓝龙惊诧地问道:"什么,乐乐的妈妈叶兰已被卡沙它们抓走了?"

小黑龙:"是啊,什么,你还不知道?我来之前,她就被抓走了。"

小蓝龙："那你干吗不告诉乐乐？"

小黑龙："告诉他干吗，乐乐会很担心的，还有你与乐乐都是属于'未来'时空的，乐乐妈妈被抓走，是在宇宙的'过去'时空区，那时乐乐还没出生呢。"

小蓝龙恍然大悟："哦，原来你是从'过去'时空区穿越时空，来到未来地球时空！"

小黑龙："是啊，所以，我们一定要保护好乐乐，不要让他被抓走！要是被卡沙毁了未来时空区发生的一切，就没办法拯救叶兰出来了！"

小蓝龙："嗯，看来我们得全力以赴了！"

这时，蓝龙飞船的舷窗外有一道银光掠过。

但是小蓝龙与小黑龙正认真地商讨如何保护乐乐，似乎没有发觉。

第十章 / 决战变种云豹兽

小黑龙接着对小蓝龙说道："看来，从今天起，我们要寸步不离地保护主人了！"

小蓝龙："你准备出了山洞回主人家去？"

小黑龙："是的，要不怎么保护主人呢？"

小蓝龙："可是你上次在学校闯祸了，估计他是不会让你回去的！"

小黑龙："那你帮我说说好话吧！"

小蓝龙想了想，说道："好吧，为了主人的安危，我就破例帮你一次！"

正说着，乐乐与齐齐走了过来，乐乐在飞船的下面叫唤道："小蓝龙，天不早了，我们该回去了！"

小蓝龙："主人别急，难得来一次，我们再陪陪小黑龙吧！"

　　小黑龙从飞船上下来，跳蹿到乐乐的跟前，说道："你们这么快就要回去了呀？我也要跟你们回去！"

　　乐乐急得直摆手："你上次去差点把我们学校的门都拆了，不行，你不能回去了！"

　　小蓝龙在一旁替小黑龙求情："主人，它说在这太冷清了，想去你家热闹点。小黑龙说它这次去会很老实的，还有，这次我也会帮你看好它！"

　　小黑龙："是的，乐乐主人，以后我一定老实听话，不捣乱，也不干坏事了！"

　　齐齐："那就让它回去吧。乐乐，这山洞太远了，我也感觉爬山挺累的，它去了城里，我们就不用每周都跑来看它了。"

　　乐乐想了想，终于向大家妥协了，可他却对齐齐说："要不叫小黑龙去你家住吧！"

　　齐齐："那可不行，我家房子小，又没有小蓝龙看着它，它不把我家房子拆掉才怪呢！"

　　小黑龙又来到乐乐面前保证："主人，你就让我去你家吧，我小黑龙坚决保证，再也不犯任何错误！"

　　乐乐："那好吧，小蓝龙，你一定要帮我好好看着它啊！"

　　小蓝龙："主人，好的！"

　　小黑龙："主人同意了！太好了，我们快回城里去吧，在这里待得快闷死了！"

　　于是，他们便一起出了那间巨大空旷的石室。

　　此时在他们身后五十米处，一道银光一闪，出现了一个闪烁的光影，那光影也远远地跟着他们出了那条石洞道。

而此时，地球的外太空区，停仃着一艘隐形的巨大黑洞飞船。

卡沙正向 N 斯博士汇报："报告 N 斯博士，我们已来到了地球的外太空！"

卡沙面前的太空通信系统屏幕闪了闪，显示出了 N 斯博士的头像。

N 斯博士表情严肃地说道："很好，乘坐隐形飞艇降落地球后，先不要暴露目标。要……"后面的话，N 斯博士用加密码的黑洞暗语交代卡沙，可能是怕情报被"白矮星号"巨型母船截获。

再说此时的齐齐、乐乐已走出了石洞道，正走在下山的小道上。

为了安全起见，也为了不吓到地球人，小黑龙隐形地行走在乐乐、齐齐、小蓝龙的身后。

这时，空中突然射来了一束刺眼的强光。

乐乐抬起头来用手捂住了眼睛："哇，那是什么？好刺眼。"

齐齐："是圆形的，估计是太阳光吧，没事，我们继续走吧！"

小蓝龙抬起头来一望，感觉有些不对劲。它在心底直嘀咕："这么超强的辐射光，绝对不是太阳！"

隐形而去的小黑龙手里拿着一架奇异的黑龙太空望远镜，抬头向空中瞭望。

小黑龙用 Kepler－22b 行星的暗语说道："这团光刚才看起来好像是从空而降，可是，却怎么说没就没了呢？难道……啊，难

道是卡沙它们来了？"

小蓝龙用 Kepler－22b 行星的暗语回复道："咱们小心点，说不定黑洞怪兽军已经传输到地面了！"

小黑龙用 Kepler－22b 行星的暗语再次说道："嗯，随时准备战斗！"

这时，在他们身后的不远处，一道银光在树丛中一闪而过。

再说卡沙这次为了不打草惊蛇，自己驾驶着隐形飞艇降落在乐乐他们行走的那座大山顶的一块平地上。

卡沙出了飞艇后蹑手蹑脚地走在丛林间。

这时，隐形的卡沙发现前面丛林深处的树枝上趴伏着一只身上长着斑点花纹的地球动物。

他掏出了一个圆形的"生物种类扫描仪"，对着那生物扫描了一下。屏幕显示查询结果：云豹，地球猫科生物，珍稀物种，擅长从树上跳下飞扑捕食。

卡沙看到这里，直欢喜地冷笑道："嘿嘿，真是天助我也。"说着，他便从身上掏出了一把基因变种枪，朝树上的云豹开了一枪。

云豹中了基因变种弹，从树上掉了下来，摔到了树下的草地上。

没过多久，云豹睁开了眼睛，它的眼睛里闪烁着两道奇异的紫光。

只见它迷迷糊糊地甩了甩头，站起身来往山下走去。

隐身的卡沙"嘿嘿"地冷笑着，远远地跟随在云豹的身后，往山下走去。

而在卡沙身后不远处，一道银光一闪而过，消隐于树丛间，不见了踪影。

乐乐与齐齐怎么也没想到，一场危险正悄悄地向他们靠近。

他们正走在山下的丛林小道上，突然从一旁的丛林中蹿出一只云豹，"呜哇"一声吼叫，便朝他们飞扑了过去。

小蓝龙与小黑龙飞奔过去，各自张嘴向云豹喷吐出了一股黑色、蓝色的能量。

那两股能量的巨大冲击力把云豹一下子冲击出老远，云豹摔落在一块大石头上，脚蹬了两下，晕了过去。

这时，半空中隐身站着的卡沙又向云豹射去了两颗怪兽基因弹。

云豹被击中后，身子颤抖了几下，变成了一只巨大的身上长着很多尖锐怪刺的云豹怪兽。

云豹怪兽张着利齿毕露的大嘴，腾跃而起，直飞扑向了前面的乐乐。

见此险境，乐乐身旁的小蓝龙与小黑龙向前一跃，各自变身，变形成了一只巨大的蓝龙兽与一只巨大的黑龙兽，挡在了乐乐的面前。

不远处的齐齐被眼前激烈的战况吓得摔倒在草丛中。

齐齐："哇，好恐怖的云豹怪兽，可千万不要来抓我啊！"

正在这时，在齐齐身后的不远处隐身而去的卡沙突然现身而出，变形成了一名警察的模样，朝齐齐招手道："小朋友，你没事吧，你们快过来，我带你们下山去！"齐齐见警察叔叔来了，高兴得直欢呼："乐乐，乐乐，快过来，有警察叔叔来救我

们了!"

乐乐正躲在蓝龙兽与黑龙兽的身后,左蹦右蹿地躲避着云豹怪兽的攻击。

见齐齐招呼他过去,他应了一声,便弯腰钻入了一旁的低矮的灌木丛中,像猫一样地蜷着身子,往齐齐与警察那边爬去。

这时空中突然射下来一道银光,阻止了乐乐的爬行。

乐乐抬起头来,好奇地望着:"啊,难道空中也有外星怪兽?"

这时,齐齐已快走到警察跟前了,可那名警察却似乎视而不见。

他只顾朝乐乐招手,急切地招呼道:"乐乐,快过来,快过来呀!"

乐乐又向那边小跑着急奔过去。

这时,空中又射下来一道耀眼的银光,击中了乐乐,乐乐只感觉一阵麻痛,很快就失去了知觉。

齐齐急哭了,他急忙往乐乐那边奔去,边跑边哭喊:"乐乐,乐乐,呜呜呜!"

那名警察突然变形成了一名身着太空服的外星怪兽战士模样,只见它飞身而起,朝乐乐奔去,准备抓走乐乐!

就在卡沙所变的外星怪兽战士快要抓到乐乐时,突然空中射下了一枚银色的光能弹,击中了卡沙,只听见"轰隆"一声,卡沙便被一下子击出了老远。

卡沙开始以为是 0078 号黑洞飞船内的太空军发射来的黑洞能量弹。

卡沙从地上爬起后，气恼地骂道："一群笨蛋，连你们的长官都不认得了。"可是他刚爬起来，却又有一枚光能弹从空而降，直向它击来。

他抬头一望，直惊呼："啊，是白矮星岛的光能弹！"他一个后翻跟斗，躲闪开了光能弹的袭击。

而后飞身一跃，卡沙准备再一次扑向前面不远处草丛中的乐乐，却忽地感觉身后有两股巨大的能量朝他袭击而来。

他扭头一望，发现一只蓝龙兽与一只黑龙兽正一左一右朝他吐出了一蓝一黑两股能量流。

卡沙吓得直惊呼："啊！糟糕！"同时按下隐形飞艇的召唤器，身子腾飞而起钻入空中的隐形飞艇，逃往地球外太空的 0078 号黑洞飞船。

小蓝龙与小黑龙见敌人逃跑了，变小了身子，跑去照看齐齐与乐乐。

可是，它们却只在草丛中找到了晕睡过去的乐乐，没有找到齐齐。

它们走到乐乐的跟前，直急呼道："乐乐，你快醒醒！乐乐，你怎么啦？快醒醒呀！"

乐乐被叫醒了，一睁开眼睛，望了望身前的小蓝龙与小黑龙，便急切地问道："咦，齐齐去哪里了？难道，他被外星人抓走了？"

小蓝龙安慰乐乐："应该不会的，刚才齐齐一定是吓坏了，钻入哪个杂草丛躲起来了吧！"

小黑龙："你们在这等等，我去找他！"

小黑龙说着，便转身头也不回地走向了刚才齐齐站立的那片灌木丛林。

可是，它钻入丛林中找了很久，也没找到齐齐的踪影。

此时，齐齐却正被一束从空中射下的奇异银光牵引着往前面几百米处的高耸的石崖下的一个山洞走去。

齐齐身不由己地往前走着，他心底却直惊呼："这光好奇怪，我竟然被它牵引着走，没法回头了！可是，它干吗把我带去山洞呀？我还要回去呢，乐乐他们一定在找我了！唉，真急人，我的脚怎么不听使唤呀，我应该回头，往回走呀！"可他却仍身不由己地走进了前面的那个山洞。

山洞中一片漆黑，但他身前的那束银光，刚好照亮他脚下前进的路面。

小黑龙在丛林中找了半天也没找到齐齐，它担心乐乐会担心，便把自己变成了齐齐的模样，走了回去。

当乐乐见到假齐齐时，欣喜地扑上前去直欢呼："齐齐，你刚才去哪里了，可担心死我了！"

一旁的小蓝龙却翘着嘴，诧异地直瞪着小黑龙所变的假齐齐。

假齐齐朝它眨了眨眼睛，示意它千万不要说穿了。

小蓝龙便猜到真齐齐失踪了。

但是为了让乐乐主人不担心，它们只能先瞒着，让小黑龙暂时冒充齐齐。

小蓝龙："好了，齐齐回来了，我们回家去吧！"

可乐乐却不同意："不行，小黑龙去找齐齐还没回来，我们再等等它吧!"

小蓝龙:"别等了,它那个好吃懒做的家伙,一定是害怕危险不敢去你家了!"

小黑龙所变的假齐齐,气得踢了小蓝龙一脚,但它又不能说出真相,只好学齐齐的口气附和道:"是呀,小黑龙一定回山洞去了!"

假齐齐:"乐乐,天不早了,我们先走吧,要不,你爷爷又要担心了!"

小蓝龙:"是呀,小黑龙去过你家,如果它想去,自己一定会赶去你家的!"

乐乐抬头望了望天空,说道:"太阳快下山了,天真的不早了,那我们先回去吧!"

说着,他们三个便下了山。

小蓝龙一步三回头地边走边回头望了望身后的那茂盛的灌木丛林。

它在担心齐齐失踪,会不会被什么野兽抓走了。

它暗自决定有空一定过来好好搜查一下齐齐的踪迹。

第十一章
因祸得福

他们下山后便乘车回家去了。

因为小黑龙之前去过齐齐家，所以，它变身的假齐齐下车后便径直往齐齐家走去。

假齐齐刚进门，见齐妈妈在厨房里做晚餐。

它走过去，问候道："妈妈，今晚上做什么好吃的呢？"

齐妈妈见到它，欣喜地走过来，抱着它亲了又亲道："乖儿子，你回来了呀？妈妈刚出差回来，给你买了很多好吃的，放在你的房间里了，今晚我做了你最喜欢吃的红烧鱼。"

"太好了，谢谢妈妈！"假齐齐挣脱开齐妈妈的怀抱，往齐齐的房间走去。

在齐齐的房间里，假齐齐擦了擦自己刚才被亲吻的脸，嘀咕道："咦，地球人真够肉麻的，亲得我的脸皮痒死了。"

它抬头欣喜地发现床上摆着很多玩具，桌子上也摆放着很多零食。

假齐齐高兴得直欢呼："太好啦，有好吃好玩的了！"

这天晚上，他们吃饭时假齐齐一口气吃了六碗饭！

这把齐齐的爸爸惊诧得眼睛一愣一愣的。

齐爸爸小声对齐妈妈说道："怎么了，这孩子今天咋吃那么多？"

齐妈妈在一旁嘀咕道："亲爱的，别担心，咱家齐齐正是长个子的时候，吃长饭呢！"

齐爸爸："可是，齐齐以前从没吃过这么多呀！"

齐妈妈望了一下正在大口吃饭的假齐齐："嗯……好像是有点不对头……"

假齐齐听后，回过头来望了齐妈妈一眼，便见齐妈妈一怔，浑身一颤，忽地擦拭了一下眼睛，一口否认地说道："不对，亲爱的，一定是你刚才看错了吧，我记得齐齐只吃了两碗饭。"

齐爸爸："什么，我看错了？我明明数过了，六碗，一碗都没少……"

这时，假齐齐忽地又回头，望了他一眼，齐爸爸浑身一颤，便改口说道："是的，咱们齐齐只吃了两碗饭，没错！"

饭后，假齐齐去齐齐的房间里玩玩具、吃零食去了。

只见它高兴地在床上直打滚，欢呼道："太好玩啦，太好玩啦！"

小蓝龙回去后，心里一直不踏实，担心失踪的齐齐，它想再回到那座山上去找找齐齐。

可是，它又担心乐乐会被卡沙它们抓走。

它在心里犯嘀咕："小黑龙所变的假齐齐不知在齐齐家过得咋样了?"说着,它便从身上掏出了一面蓝龙国的"遥望镜",往里一望,见假齐齐正在床上边打滚,边欢呼着吃零食。

"这家伙明知齐齐失踪了,却还在他家过得这么逍遥自在,真是糊涂好吃的小黑龙呀!哼,看我明天怎么整你!"

而此时齐齐,已在那条奇异的石洞道中往前走了很远……

他身不由己地在山洞道中边走边在心底纳闷:"这条石洞道好长呀,我在里面七拐八扭地走了半天,怎么还没走到尽头?"

这时,一个声音从他身前的上空传来:"很快就到目的地了,你再往前走走!"

齐齐加快脚步往前走去。

他又往前大概走了一百米左右,走进了一间银光闪闪奇异的四方形石室。

"啊!"眼前一束强光射来,照得他睁不开眼睛来。

齐齐用手遮住了脸。

这时,刚才一直飞行在洞中的那束银光,突然飞落而下变成了一只奇异的光能兽,它站立在他身前的石洞地上。

只见它朝齐齐点了点头,很友善地说道:"你好,我的地球盟友!"

齐齐不解地问道:"你是谁? 为什么要抓我来这里?"

那只光能兽声音清脆地说道:"我是来自于白矮星的光能兽勇士! 我来这里的目的就是保护你的朋友——乐乐!"

齐齐不解地问道:"你为什么要保护乐乐?说说能让我相信的理由。"

"因为乐乐的父母是我们的宇宙盟军!"

齐齐:"那你干吗不去保护乐乐,却把我抓来这里干吗?"

光能兽:"我请你来这里是想传授你光能战士的战术,这样你就能帮我们保护乐乐了。"

齐齐惊喜好奇地说道:"什么,我能学习光能战士的战术?!"

光能兽点了点头,肯定地说道:"是的,而且学会后,你将成为一名合格的星际战士!"

齐齐挠了挠后脑勺,想了想说道:"可是,我既没有光能武器,又没有超级能量,怎么战斗呢?"

光能兽:"这些不用担心,你会有的!"

光能兽摇身一变,成了一名身着银色太空装、头戴红色太空头盔的光能战士。

齐齐高兴得拍手欢呼:"哇,好棒,好酷哦!"

光能战士:"齐齐,你就叫我地崖兽将士好了!"

地崖兽将士朝齐齐一指,见齐齐也身着银白色的太空服,不同的是,齐齐头戴的是蓝色的太空头盔。

地崖兽将士用银白色的手一抓,只见他把手中一把超炫的银色光能枪递给齐齐道:"这是你的武器——超大口径的光能枪,它能接连发射五千发光能弹,威力超大无比!"

齐齐:"太好了,谢谢!"

地崖兽将士:"你还想学什么?"

齐齐想了想,说道:"让我想想⋯⋯"

"对了,我还想学隐形变身术!"

地崖兽将士:"那好吧,我现在就教你隐形变身术!"

说着，地崖兽将士往身后的一面石洞壁伸手一指，只见一道银光自他的指尖射击向了那面石洞壁。

而后，便见一个银光闪闪的盒子朝他直飞而来。

地崖兽将士伸手一下子接住了那个盒子，并从盒子里取出了一根银色的隐身分身棒。

齐齐正要伸手去接，却见地崖兽将士伸手指向左边不远处的一只银光闪闪的大箱子。

齐齐："怎么了？"

地崖兽将士："你不是我们白矮星岛的光能人，所以，必须去这个'光能箱'中，注入白矮星的光能量后，才能使用这根光能分身棒！"

齐齐："哦，那好吧，我照你的办就是了。"

齐齐说着，走过去爬进了那只敞开着的银光闪闪的箱子。

齐齐刚躺进去，地崖兽将士便把箱子关起来了。

只见他伸手朝上面的石洞壁顶上一指，便见一柱强烈的光从洞壁顶上辐射而下，直射向了那只银光闪闪的光能箱。

几分钟后，那箱盖子自动打开了，齐齐从箱子里钻出来时，眼里直射出两道锐利的银光。

地崖兽将士欣喜地说道："很好，你的身体已注入了白矮星光能量。接下来，我可以教你隐形分身术了。"

说着，光能兽走到齐齐的跟前，把怎样启动光能分身棒及怎样隐形的方法告诉了齐齐，同时给齐齐演示了几遍。

齐齐欢喜地说道："谢谢，我学会啦！"

齐齐略微停顿了一下，略带请求地问道："地崖兽将士，我现在可以出山洞回家去了吗？”

地崖兽将士摇了摇头，说道：“还不行，你还没学会其他的战术，还不能成为一名合格的白矮星战士！跟我走，我带你去参加‘星际战斗’培训！”

说着，地崖兽将士引着齐齐，走入了前面的一条铺着银白色石板的洞道，他们穿过两间石室，来到了一个石门紧闭的石洞口前。

地崖兽将士：“这里是我们的‘星际战斗’训练基地，在你进去之前，我得问你一个问题：你真心愿意接受全能化战技训练吗？”

齐齐点了点头，肯定地答道：“是的，我愿意接受所有训练！”

“很好！”地崖兽将士说着，便朝那扇紧闭的石门一指，石门打开了。

齐齐欣喜地惊呼：“哇，好炫的‘太空模拟战’训练室！”

他们在墙边一面超大的战斗系统屏幕前坐下。

齐齐在地崖兽将士的指导下，开始了太空模拟战斗训练课程，课程内容包括：驾驶飞船、操纵飞船穿越时空、发射光能导弹、发射能量导弹等等。

齐齐学得很仔细，也很专心认真。

一遍没有学会的，他会学两遍、三遍，直到每一个操作的步骤都熟悉了为止。

而此刻，时间似乎在这个集训空间中静止了。

因为齐齐发现他手腕上的电子表还停留在他走进石洞之前的

时间——16:28。

突然，齐齐感觉自己浑身一颤，他的眼睛里射出了两道银光，直扫射向了太空模拟战斗系统屏幕上的白矮星的光能国文字。

也许是齐齐体内的白矮星光能量起了作用，此时的他竟然对屏幕上的白矮星光能国的文字了如指掌。

很快，他便学会了操作技巧。

地崖兽将士走过去，高兴地拍了拍齐齐的肩膀，称赞道："很不错！"

"你已学会了所有的操作技巧，下面我来教你搜索敌方情报。"

接着，地崖兽将士教他启动太空情报搜索系统。

屏幕上一闪，便显示出了很多最新太空信息……

而此时，小黑龙所变的假齐齐正躺在床上，翻来覆去怎么也睡不着。

已经是晚上三点多了，假齐齐却眼睛睁得大大的直嘀咕着："这床怎么又平又硬？感觉就是没有'能量充值太空床'睡得舒服。"

这时，它听到齐齐爸妈的卧室传来了脚步声，假齐齐闭上眼睛假装睡着了。

原来是齐妈妈来看齐齐有没有盖好被子。

她见假齐齐的被子被踢开了，走过来盖好。只见她边走开边在心底诧异地嘀咕道："这么冷的天气，齐齐平时都会把被子裹得严严实实的，今天怎么把被子踢到床底下去了？"

这时，齐爸爸起床上厕所，齐爸爸也奇怪地问道："齐齐睡着了没有，我刚才听见他在嘀咕着什么，还以为他在说梦话呢！"

齐妈妈："睡着了，被子被他踢到床底下去了。"

齐爸爸："这孩子怎么越长大，越让人不省心了，唉……"

齐妈妈："嘘，小声点，他好不容易才睡着了，你不要再过去吵醒他。"

而此时，在乐乐家中，乐乐正睡得香香的，脸上还挂着笑容。

原来，乐乐梦见自己与齐齐驾驶着飞船去外太空找爸爸妈妈了。

这时，小蓝龙蹑手蹑脚地走入了乐乐的房间。

只见它来到乐乐的床跟前，悄悄地从嘴里吐出了一颗蓝色的能量球，而后，向上抛起。

只见那个蓝色的能量球散发出一股蓝色的能量流，在乐乐的床周围迅速扩散开来，形成了一张穹形的蓝龙能量保护网，把床上的乐乐给包围保护了起来。

而后，小蓝龙张嘴吸入了空中飞着的那颗蓝龙能量球，继而又从嘴里吐出了两股蓝龙能量加厚了那张能量保护网。

做完这一切后，小蓝龙便静悄悄地走出了乐乐家，轻轻地关上房门，下楼出门而去。

第十二章／

星际战前夕

小蓝龙准备去干吗呢？

原来，白天齐齐失踪的事一直让它放心不下，它想去把齐齐找回来。

小蓝龙一来到楼下后，便变形成了一股蓝色的能量流，直往城市东边的齐齐家飞去。

没多久，一股蓝色的能量流从打开的窗户飞钻入了齐齐的卧室。

这时，小黑龙所变的假齐齐正躺在床上呼呼大睡。

那股蓝色能量流一进入齐齐的房间，飘飞到假齐齐的耳边，用 Kepler－22b 行星的暗语叫唤着假齐齐："喂，小黑龙，快醒醒，快醒醒呀！"

假齐齐睁开了眼睛，望了望四周，用 Kepler－22b 行星的语言诧异地问道："谁……谁在叫我呀？"

这时，小蓝龙从上空跳跃而下，一下子出现在它面前的床上，一脸急切地说道："走，快跟我走！"

假齐齐直推开小蓝龙，说道："我现在不是小黑龙，我是齐齐，我不能跟你走，要是我不见了，他们会很着急的。"

小蓝龙："正因为这样，我们今晚才要去把齐齐找回来！"

假齐齐："可是……"

小蓝龙随手扔了一只玩具熊到床上，而后，朝那只玩具熊射去了一股蓝能量，便见那玩具熊变成了睡着的齐齐。

小蓝龙："这不就解决问题了吗，走，快跟我去找齐齐！"

假齐齐变回了小黑龙的模样，与小蓝龙一起悄悄走出了齐齐家。

它们刚走出去，齐爸爸便因听到了关门的声响起床来观望。

齐爸爸走进齐齐的卧室，发现"齐齐"正躺在床上睡得很香，便又放心地走回里面的卧室睡觉去了。

而此时，小蓝龙与小黑龙已变形成了一蓝一黑两股能量流，飞升而起往它们白天去过的那座山的方向飞去。

刚飞到那座山的上空中，那两股能量流便从空中降落而下，变回了小蓝龙与小黑龙的模样。

它们往山顶上爬去。

小蓝龙边走边打趣地问小黑龙："怎么样，今天在齐齐家过得舒服吧？"

小黑龙："哎呀——别提了，地球人简直太热情了！"

小蓝龙忍俊不禁："你这是从哪学到的地球方言啊？"

小黑龙："从齐齐家的电视中学来的！"

小蓝龙："什么太热情了，人家爸妈把你当他们孩子了，肯定会对你好了！要是你现在这模样，人家不把你赶出家门才怪呢！"

小黑龙："那是，地球人的亲情比我们星球要浓多了。"

小黑龙又接着说："我们星球上的幼仔，只要一出蛋壳，基本上都是自力更生，可是你看齐齐，他都快七岁了，还被爸妈宠得像个宝似的。"

小蓝龙："地球人都这样，见怪不怪。"

小黑龙："我在想，如果齐爸爸与齐妈妈知道齐齐失踪了，他们一定会难过死的。所以，还是让我回去吧。"

小蓝龙："你呀，又想偷懒！为了让他们不担忧，我们今晚一定要尽全力找到齐齐。"

说着，它们一前一后地往白天与卡沙它们决战的那片山坡走去。

此时，卡沙它们的 0078 号黑洞飞船又飞入了银河系 Y 黑洞的入口。

卡沙此时正命令士兵们把已抽离掉灵魂的叶兰躯体放入一只紫色的恒温箱中保存起来。

可别小看这只古怪的箱子，它可是 N 斯博士发明的一种能保存人类抽离灵魂的身体的恒温箱，而且，可以随时注入灵魂使人类复活。

N 斯博士给它取了一个更好听的名字，叫长眠箱。

说得不好听一点，就是一副能保鲜尸体的高科技棺材。

可与棺材不同的是：这只箱子不仅能保存躯体，还能做灵魂抽离与注入的实验。

这是 N 斯博士实施未来统治整个太阳系的第一步计划。

它的目的是想抽离地球上所有生物灵魂，再研制出一个服从他统治的黑洞灵魂系统。

这样便能赋予地球所有生物统一的灵魂，所有的喜怒哀乐也都将由它来控制。

它再利用能量磁场的空间传输技术，把地球传输到超级"黑洞城堡"附近，通过对灵魂的控制，所有的地球人与其他太阳系星球生物都将听从它的指挥，然后去建设一个更加强大的黑洞城堡。

这次，N 斯博士指挥卡沙去抓乐乐，就是想把 Kepler－22b 行星上的巨型能量球夺来，然后再复制几颗巨型能量球，以此实施他的"超级计划"。

这时，卡沙正交代黑洞怪兽将士古达道："你们一定要保管好叶兰的身体，不得有半点闪失！"

古达："遵命，卡沙将军！我一定按您的吩咐去办！"

卡沙："对了，沙拉在 PH1 行星上，现在情况怎样了？"

古达："报告将军，沙拉与我合作了几次遥感控制灵魂注入与抽离的实验。"

卡沙略带急切地问道："实验结果怎样？"

古达："我们用灵魂遥感控制系统把叶兰的灵魂进行了几次注入与抽离的遥控实验，发现实验结果一切顺利，完全能达到 N 斯博士之前的实验要求。"

卡沙："很好，实验要继续下去！"

古达扭头一望，突然发现卡沙受伤了。

古达："啊，将军您受伤了？这次出征抓回周乐乐了？"

卡沙垂头丧气："唉，差一点就抓到了！可哪知，关键时刻才发现地球上隐藏了一股超强大的外星势力。"

古达："看将军的伤势，如果我猜得没错的话，这股超强的外星势力一定来自于白矮星！"

卡沙："嗯，这次你猜对了，就是来自白矮星的光能军与Kepler－22b 行星上的龙兽军！"

古达不服气："果真不出我所料，将军，让我去与他们决战吧！"

卡沙想了想，说道："那好吧，这次，我就派你下去与他们决一死战，夺回周乐乐！"

古达："将军请放心，我一定把周勇与叶兰在未来世界的孩子抓回来！"

卡沙："很好，这次去地球，我给你多派几名怪兽兵下去！"

古达："好的，谢谢将军！"

此时，蓝龙兽国王、黑龙兽国王与星辉公主、周勇、洪崖兽将军，正在 Kepler－22b 行星的黑龙兽国皇宫商量保护乐乐的新计划。

几个小时之后，他们总算计划好了一切。

黑龙兽国王："好了，刚才我们都计划好了，到时就按计划去办吧。"

蓝龙兽国王："那我们现在各自回去，准备部署战事吧！"

大家正准备离去。这时，白矮星国王发来了信息，星辉公主打开随身带的光能信息接收器查看。

信息显示：白矮星的太空信息系统已截获从 0078 号黑洞飞船发往 PH1 行星上的讯号，此时，正在破译讯号密码……

周勇："太好了，或许，我们能从破译的讯号中，找到解救叶兰的办法。"

很快，白矮星国王又发来了信息。

星辉公主边看边解说道："讯号密码已破译，0078 号黑洞飞船与 PH1 行星刚进行过灵魂注入与抽离的生物实验，被实验对象便是叶兰。"

周勇近乎悲愤地吼叫道："什么，它们竟然利用叶兰的身体与灵魂做实验！"

星辉公主："周勇，你先别激动，讯号还没破译完呢！"

周勇强压着心头的怒火，忍痛地等候着下面破译的内容……

没多久，星辉公主说道："讯号译文说，古达正在联络沙拉，一同去地球抓乐乐！"

星辉公主："啊，还有更重要的内容：卡沙要求沙拉利用能量传输系统启动空间传输功能，把 PH1 行星传送到太阳系附近，方便操控与照应。"

周勇："那好极了，我们正好可以趁机去救出叶兰的灵魂。"

蓝龙兽国王："那我们兵分三路好了。"

黑龙兽国王不解地问道："你的意思是？"

蓝龙兽国王："我们第一队去地球，随时准备营救乐乐；第二队去地球的外太空，保护地球安全；第三队去救叶兰的灵魂。"

星辉公主：“嗯，想法不错!”

蓝龙兽国王：“大家自告奋勇，各自选择任务吧!”

周勇：“我去拯救叶兰的灵魂!”

星辉公主：“你跟叶兰都是我的恩人，你们曾营救过我，周勇，这次我去助你一臂之力吧!”

周勇点了点头，感激地说道：“谢谢星辉公主!”

洪崖兽将军：“那我负责驾驶‘白矮星号’巨型母船，在地球的外太空巡视，保护地球安危!”

蓝龙兽国王：“那我们就去地球，负责保护乐乐的安全吧!”

黑龙兽国王：“不，蓝龙兽国王，你负责留守 Kepler－22b 行星保护我们的星球。我负责去地球保护乐乐的安全。”

蓝龙兽国王：“那好吧，我留守 Kepler－22b 行星，布好防御系统，提防外星邪恶势力入侵。”

黑龙兽国王：“所有任务分配完毕，大家回去做好准备，随时准备出发!”

第十三章
超强太空磁场传输 PH1 行星

这时，卡沙驾驶的 0078 号黑洞飞船，从银河系的 Y 黑洞的出口飞窜而出，而后，飞船调转了方向往地球的附近飞去。

很快，它们的飞船停在金星附近。

卡沙把 0078 号黑洞飞船设置成隐形模式。

古达："卡沙将军，现在我们可以行动了吧?"

卡沙："等等，等我们利用能量磁场启动空间传输系统，把 PH1 行星传输过来后，你们再行动吧。"

古达："是!"

说着，卡沙便启动了飞船能量磁场，在太阳系内形成了一个巨大的能量磁场漩涡流。

这时，卡沙命令 PH1 行星上的沙拉启动 PH1 行星上的能量柱，开始传输 PH1 行星。

沙拉接到命令按下了"能量柱"启动钮。

沙拉刚启动能量柱按钮，便见从 PH1 行星上射出了三道能量柱之光。

而从太阳系辐射过来的那股巨大的空间传输能量流，迅速连接上了 PH1 行星上的那三道能量柱之光。

而后，便见一个巨大的太空能量磁场快速地运转着，形成了一个异度空间，传输通道的入口，吸拉着 PH1 行星上的那三束能量柱之光，往那个巨大的能量漩涡传输入口移动而去。

可是，令卡沙感到意外的是，PH1 行星似乎被几股超强的引力吸住了，这边的能量漩涡流的空间传输系统启动了好一阵子，也没法把 PH1 行星传输过来。

卡沙急得直叹气："看来我们的太空能量磁场还不够大，没法把它传输过来。"

古达："为什么呀，将军？之前我们不是差点把地球都传输到黑洞空间中去了吗？"

卡沙："那情况不一样啊，太阳系才一颗恒星，而位于天鹅座内的 PH1 行星，它是绕着一双星系统旋转，同时又有一个双星系统绕着它转动，所以，同时有四颗恒星在 PH1 行星的四周环绕着。"

古达："那难道是恒星的引力太大的原因？"

卡沙："据我初步推算，PH1 行星同时经历着四颗'恒星'的引力，把它牢牢地固定在运行轨道上。所以，要想把它传输过来，我们需要数十颗巨型能量球，才能启动一个足以把它传输过来的巨大的宇宙能量磁场。"

古达："那将军的意思是，我们必须夺取到巨型能量球，然后再复制数十颗巨型能量球，才能启动这个传输 PH1 行星的巨大能量磁场了。"

卡沙垂头丧气地说道："唉，看来现在传输 PH1 行星是暂不可能了。"

古达自告奋勇地说道："将军，那就让沙拉继续留在 PH1 行星上看守叶兰的灵魂吧，由我去地球执行任务便可。"

卡沙想了想，点头说道："嗯，看来，也只能这样了。我马上发太空邮件，通知沙拉继续留守 PH1 行星。"

周勇与星辉公主驾着"白矮星号"的中型超光速"星辉号"光能飞艇，正准备从"白矮星号"巨型母船上发射起飞。

这时，星辉公主又接收到了白矮星国王发来的最新情报信息，只见她边看边念道："卡沙命令沙拉留守 PH1 行星。""你们的此次行动必须更改成隐行突袭行动。"

周勇："那我们就用隐形模式出发吧！"

星辉公主："嗯，好的！"

接着，他们的超光速隐形飞艇就从"白矮星号"巨型母船上发射而出，往天鹅座内的 PH1 行星飞去。

周勇："我们来计算一下航程：从地球到 PH1 行星，大约为 3200 光年，地球到 Kepler－22b 行星的距离为 600 光年，所以，推算出，从 Kepler－22b 行星到 PH1 行星的宇宙距离，大约为 2600 光年。"

星辉公主："看来，还真是不近，这样，我们把飞艇的速度调整为十万倍超光速。"

周勇："是，公主！"

只见他们的飞艇如"光箭"般地在太空中往前飞射而去。

星辉公主与周勇驾驶的飞艇刚飞走，洪崖兽将军便驾驶着"白矮星号"巨型母船从Kepler-22b行星的上空启程，用隐形模式往太阳系火星的太空方位飞去。

洪崖兽将军为什么要飞往火星呢？

因为它从太空防御系统得知，卡沙的0078号黑洞飞船此时正在向金星靠拢，如果要保护地球，就只能把"白矮星号"巨型母船隐藏在火星的附近，暗中监视卡沙它们的黑洞飞船的行动。

而Kepler-22b行星上的黑龙兽国王也已率领飞船舰队，隐形编队往太阳系地球的方向飞去了。

它们此行任务艰巨，除了要去保护地球居民与乐乐，还要把卡沙的黑洞怪兽军赶走。

小蓝龙与小黑龙仍在昨天白天与卡沙决战的那个山谷中四处寻找齐齐。它们在附近的杂草丛中也仔细地查看了，但是直到凌晨三点，仍丝毫不见齐齐的踪迹。

小蓝龙："奇怪了，齐齐明明是在这附近失踪的，怎么就找不到一点线索呢？"

小黑龙："一定是我们落下哪个角落没找吧？"

小蓝龙想了想，说道："小黑龙，我去东边与南边搜索一下，你负责去西边与北边再搜索一下线索。"

小黑龙："好的！"

小蓝龙说着，便往东边走去，它边找边嗅着四周的草木的气息，因为它已经非常熟悉齐齐身上的气味。

昨天白天，小蓝龙之所以没有利用嗅觉去寻找齐齐，是因为昨天那里发生了一场恶战，留下了很多生物身上的气味，它根本就无法分辨出属于齐齐的独特气味。

而现在，在这宁静的下半夜，它有信心利用嗅觉一定能找到失踪的齐齐的去向。

只见小蓝龙在东边的深草丛中找了找，便闻出那里留下了乐乐与齐齐的气息，而后，它循着齐齐身上的气味往南边走去。

而小黑龙此时，也在北边的草丛中寻找齐齐。

小黑龙的视力很好，它的目光还有穿越时空的功能！

也就是只要是宁静的地方，它的目光就能穿越时空，看到在某个地方某个时刻发生的一切。

只见小黑龙睁着一双闪烁着幽蓝光的眼睛在北边附近的草丛中扫视着，眼前闪现出了昨天齐齐在这附近走过的情景。

小黑龙循着齐齐昨天白天走过的光影往前走去。

它一直跟着往前走，生怕跟丢了。

也不知道小蓝龙与小黑龙它们各自往前走了多久。

阴暗的月光下，突然，小蓝龙与小黑龙在西南角处的一块大石崖边撞到了一起，摔倒了。

小蓝龙："哎哟，撞得我头疼，你怎么来这了？"

小黑龙："还说呢，都撞到我的头了才吭声，害得我头上又多了一个肉龙角。"

小蓝龙："是你先撞到我的！"

小黑龙："不对，是你先撞到我的！"

突然，它们像是突然想起了什么似的，一齐说道："好了，

别争了，找齐齐要紧！"

于是，它们便一齐从石崖下站了起来，各自循着光影与气味往前走了几步，发现前面的不远处有一个很大的山洞入口。

小黑龙走到山洞口前，徘徊了一下，诧异地说道："奇怪了，我发现齐齐是在这个山洞口处消失的。"

小蓝龙："等一等，让我过来闻一下！"小蓝龙说着便走到洞口处使劲地闻了闻。

而后，它欣喜地说道："我知道了，齐齐一定进这个山洞中去了！"

小黑龙："不对，我的'时光之眼'明明发现齐齐走到这洞口处便消失了，并没有进这个山洞！"

小蓝龙想了想，气恼地朝小黑龙吼叫道："你不相信拉倒，总之，我相信齐齐一定是从这个洞口处走进去了，所以，我一定要进这个山洞找他！"

小黑龙："我也想陪你去，可是，我肚子饿了，没劲走了。都怪你，催催催，让我没来得及从齐齐家把零食带走就过来了！"

小蓝龙："你这个贪吃的小黑龙、糊涂龙，都这个时候了，你还在想着吃的事！我告诉你，今晚上我们如果没能找到齐齐，谁都别想回去！"

可小黑龙却嘟噜着嘴说道："可是，就算找到齐齐，我也没法去他家了啊！唉，那么多零食，那么多'土豆烧肉'，我都没法吃到了！"小黑龙边说边馋得直咽口水。

小蓝龙突然冲到小黑龙的耳边吼叫道："小黑龙，你醒醒吧！就算齐齐家去不成了，你还可以回乐乐家啊！"

小黑龙见小蓝龙真生气了，改口说道："那好吧，我们先去山洞中找找齐齐吧！"

说着，它们便一前一后地走进了那个山洞。

它们先是沿着空旷的洞道往前走了好远。

小蓝龙与小黑龙各自施展变形之术在头上各变出了一个闪光的亮灯。

小黑龙边走边诧异地嘀咕："奇怪了，这山下怎么还暗藏着一条这么长的洞道？"

小蓝龙却边走边东张西望地说道："我怎么感觉，这条洞道越走越往我们基地的洞道的方向延伸去了！"

小黑龙："难道这条洞道通往我们的基地？"

小蓝龙："是有些蹊跷……"

小黑龙："更蹊跷的是，我在这条洞道中，没有发现齐齐走过的足迹，你闻到齐齐身上留下的气味了吗？"

小蓝龙使劲地吸了吸鼻子，说道："我闻到了，齐齐就是从这洞中往前走了。"

小黑龙："看来有一种超强的外星能量把齐齐走过的光影毁灭了，还好你能闻出他的气味！"

小蓝龙："这样说来，咱们得小心点了！"

小黑龙："那我们隐形前行吧！"

说着，它们便隐身往前走去了。

它们沿着那条洞道往前走了很远，进入了一间奇异的银光闪闪的四方形石室。

小蓝龙："啊，外星基地！"

　　小黑龙："果真不出我们所料，这洞道中隐藏着一个惊天的机密！"

　　小蓝龙："那我们小心侦察！"

　　它们正准备往里走，却见一道耀眼的强光在它们的眼前一闪，它们便被击倒在地，晕睡了过去。

　　在梦里，小蓝龙与小黑龙见到一只巨大的光能兽朝它们走来。

第十四章 / 恶战前夕

那只光能兽走到它们的面前变形成了一名身材高大的光能国将士。

只见它边走边用洪亮的声音向小蓝龙、小黑龙打招呼道："你们好，我是来自白矮星的'地崖兽将士'！"

小蓝龙："哦，白矮星的光能将士！你们的王国是我们星球的宇宙盟友吧？"

地崖兽将士点了点头，说道："是的！"

小黑龙却不客气地说道："那你为什么要击晕我们？有什么不良企图？"

地崖兽将士："我只想告诉你们，齐齐已经没事了。"

小蓝龙："他在哪里？"

地崖兽将士："他回家去了。还有，一场大战即将来临……"

小蓝龙不解地问道："一场大战？卡沙不是被我们打跑了吗，又有什么外星势力要入侵地球？"

地崖兽将士："上次打跑的只是一个卡沙，这次是来自 N 斯黑洞城堡的怪兽大军！"

小蓝龙："怪兽大军！难道它们会来很多？"

小黑龙："它们是不是想入侵地球？"

地崖兽将士摇了摇头，说道："不是，它们的目的还是想抓走乐乐。"

小蓝龙扭头对小黑龙说道："那我们赶紧回去保护乐乐吧！"

说着，小蓝龙用力地踢了小黑龙一脚，而后又低头咬了一口自己的手臂，便一下子从梦中惊醒了过来。

它们发现自己此时正躺在石洞外的草丛中。

小黑龙边爬起来，边骂小蓝龙："臭小蓝龙，你刚才干吗在梦里踢我呀？"

小蓝龙振振有词地说道："哼，我不踢你，你能醒过来吗？"

小黑龙："好了，暂不与你计较，我们赶紧回去保护乐乐！"

说着，它们飞身而起，变形成一黑一蓝两股能量流往乐乐家赶去。

再说在 PH1 行星上的黑洞基地。

沙拉与卡沙合作了一次"遥感控制——灵魂注入与抽离的实验"后，沙拉便把叶兰的灵魂注入到了一间关押灵魂的真空监狱里。

那其实就是一个圆形的密封式的超级黑洞软胶盒子，叶兰的灵魂被关在里面，只见到一个飘浮的白色光影。

虽然关押在这里面的只是她的灵魂，但这灵魂也是有思维的。

此时，叶兰的灵魂焦虑极了，她不知道自己如何才能逃出这里。

虽然，她知道周勇一定会来救她，但是，她又担心周勇来后也会被卡沙它们抓住并抽离灵魂。

她唯一庆幸的是当时被古达抓住的不是周勇，而是她。要不然，周勇要感受她现在的痛苦了。

她也知道，周勇与星辉公主正千方百计地在想法解救她，所以，虽然被关押在这里，但她的灵魂却并不感觉孤独。

再说在遥远的太阳系的地球上。

此时，却正是黎明时的清晨。

乐乐躺在床上，睡得正香……

齐齐早上醒来，却惊喜地发现，躺在自己家里的床上。

齐齐略带惊诧地扫视了房间里的一切。

齐齐："奇怪了，昨晚还在山洞中的太空基地，怎么今天就在家了，难道我只是做了一个梦而已。"

他伸手摸了摸枕头底下，发现那根"隐形分身光能棒"还在，他庆幸地在心里想道："还好，是真的，不是梦。"想到这里，他不由得小声地欢呼道："太好了，以后，我就是一名白矮星的光能战士了！"

这时，妈妈走到了他的房门外，嘀咕道："天都亮了，这孩

子怎么还在嘀咕着说梦话呢。"

她大声地叫道："齐齐，都快七点了，该起床吃早餐，去学校上学了！"

见妈妈走进房间，齐齐装着刚睡醒的样子，扭过头来对妈妈说道："妈妈，我好困啊，今天做了什么好吃的呀？"

齐妈妈："快起来，做了你最喜欢吃的煎荷包蛋！"

齐齐："太好了，我要吃三个！"

齐齐说着便从床上爬了起来，直奔厨房，用手捏起荷包蛋就往嘴里塞，还一个劲地说着："嗯，好吃，真香！妈妈的手艺又有长进了！"

齐妈妈："慢点吃，可别咽着了！"

齐齐："放心吧，咽不着的！咦，妈妈，今天你怎么给我煎了六个荷包蛋啊？"

齐妈妈："看你昨晚胃口那么好，所以，就多给你煎了几个荷包蛋。"

齐齐一脸惊诧地："什么，我昨晚胃口好？"

齐妈妈："是啊，你昨晚一口气吃了好几碗饭，把我和你爸都吓蒙了！"

齐齐纳闷地直挠后脑勺："啊，是吗？妈妈，您不会是在说梦话吧？我哪能吃那么多呀？"

齐妈妈："怎么，你不记得了啊？儿子。"

齐齐尴尬地咧嘴笑了，而后搪塞道："哦，想起来了，好像是的吧！妈妈，我最近可能是在长个子，所以，一下子稀里糊涂地就吃多了!"

齐妈妈:"没关系,多吃点,咱们齐齐就能长高了!"

再说,此时在乐乐家,乐乐早上醒来,去宠物间看小蓝龙。

可是,令他感到意外的是,他发现小黑龙竟然睡在宠物床的上铺。

"咦,小黑龙怎么回来了?"他诧异地在心里嘀咕道。

"乐乐,快来吃早餐,准备去上学了!"这时传来爷爷在厨房里叫他吃早餐的声音。

他轻轻地关上了宠物间的房门,往厨房走去。

爷爷:"乐乐,怎么不见你的小蓝龙呀?"

乐乐:"小蓝龙还在睡懒觉呢!"

爷爷:"它平时不是你的跟屁虫吗,怎么今天没起来,是不是生病了呀? 让爷爷帮你去看看!"

乐乐生怕爷爷发现了小黑龙,挡在了爷爷的身前,说道:"不用了,爷爷,小蓝龙的身体棒着呢! 况且,就算小蓝龙生病了,您又不是外星生物学家,也没有办法治好它呀!"

爷爷想了想,觉得乐乐说得也对。

爷爷:"那好吧,你赶紧吃早餐,吃过早餐我送你去上学!"

乐乐:"嗯,好的!"

乐乐吃过面包后,正在喝牛奶,这时,门外传来了齐齐的招呼声:"乐乐,乐乐在家吗?"

乐乐欣喜地说:"齐齐,你怎么来我家了?"

齐齐:"我来同你一起去上学啊!"

乐乐："齐齐，今天你怎么那么早呢？从你家到我家，坐车至少要半个小时，平时，都是我比你先到学校的。"

齐齐自豪地说道："这有什么好奇怪的，我现在不是懒虫了。以后，我每天都会这么早到这边，与你一起去上学。"

乐乐："呵呵呵，不会吧，难道太阳要从西边出来了？"

齐齐："哈哈，你就等着太阳从西边出来吧！"

也难怪，乐乐并不知道齐齐现在可是一名合格的白矮星战士了，所以，这点事对他来说当然是小菜一碟，而且，齐齐还准备找机会教乐乐学会白矮星的太空战术呢。

乐乐吃过早餐后，与齐齐一起上学去了。

他们刚走，小蓝龙与小黑龙从床上蹦跳而起，隐形后跟随着他们出了乐乐家。

又是一个美丽的清晨，薄薄的晨雾弥漫在空中，公路两旁的树枝上有小鸟叽叽喳喳地叫着，太阳像个红气球似的从远处的地平线上冉冉升起。

而此时，齐齐与乐乐却不知晓危险也正向他们悄悄地临近了。

在地球的外太空金星附近，卡沙驾驶的 0078 号黑洞飞船发射了一艘黑洞隐形飞艇。

飞艇上运载着古达与一队怪兽军。

它们各自身着有隐形功能的太空装，它们一到地球上，只要按下隐形的按钮，地球人便看不到它们。

这太空装的隐形功能只针对地球人，而它们自己，彼此间是能看到对方的。

黑洞隐形飞艇上，一身橙色隐形太空装的古达正驾驶飞艇招呼大家道："待会下去我们行动要迅速，不管谁先抓住乐乐，便立刻飞离地球，往我们的0078号黑洞飞船飞去。"

其中一名怪兽兵好奇地问道："那其他的咋办？撤出吗?"

古达："不，剩余的留下来，消灭隐藏在地球上的白矮星光能军与蓝龙兽、黑龙兽军!"

众怪兽兵："是，遵命!"

第十五章

PH1 行星惊险拯救

再说，在遥远的外太空，周勇与星辉公主驾驶的中型超光速"星辉号"隐形光能飞艇已快赶到 PH1 行星了。

周勇："我们很快就要赶到 PH1 行星的外太空了。"

星辉公主："PH1 行星是一颗气态行星，我怀疑 N 斯博士的黑洞基地在气体行星的内部。"

周勇："公主的意思是我们要想进入它们在 PH1 行星的黑洞基地，必须穿越气体行星表面？"

星辉公主："是的，而且，与其他行星不同的是，在 PH1 的四周有四颗恒星，所以，它的星球表面是超高温的，高达 340 摄氏度。"

周勇："哇，那我们驾驶的隐形飞艇岂不是一飞入就会融化。"

星辉公主："这个倒是不用担心，我待会启动隐形飞艇的光能保护罩，我们便可以安全飞入了。"

周勇："光能保护罩，最高能耐多少度的高温？"

星辉公主："我们白矮星的飞船、飞艇的光能保护罩，按你们地球人的温度计量法，最高能耐 1 万摄氏度高温。"

周勇直惊呼："啊，那可真是太棒了！"

星辉公主："对了，待会我们需要穿上防辐射的太空服，不然我们没法抵挡超强星光的辐射。"

果真，在飞艇前面的屏幕上出现了一颗超大的呈黑白条纹状的 PH1 行星。

周勇："我刚才在太空系统中大体计算了一下，它的体积比地球要大很多。"

星辉公主："是的，它的体积比海王星还要大，它的半径是地球的 6 倍！"

周勇："星辉公主，我们现在准备飞入了吧？"

星辉公主："等等，让我先搜索一下它们的黑洞基地所在的位置，找准了目标，我们再钻入！"

星辉公主说着，启动太空搜索系统查询起来。

很快，她便找到了黑洞基地所在的位置，同时调整了隐形飞艇的航向往里飞钻而去。

周勇只感觉眼前一道白光一闪，而后便感觉耳边有"嗡嗡"的超强震荡声，便见飞艇往前快速地飞射而去。

飞艇边飞边剧烈地震动着，很快，飞艇停了下来。

周勇正诧异，星辉公主却说："我们已经到了！"

周勇透过飞艇前面的舷窗往外望去，却发现外面是白茫茫的一片。

周勇："可是，我什么都没看到啊！"

星辉公主："它们的基地外面也有一层隐形的保护罩。"

周勇诧异："奇怪了，那你怎么能看到呢？"

星辉公主从自己的脸上取下了一副紫色的光能眼镜，对周勇说道："因为我有这个——'超光能'隐形显示镜！"

周勇："那你借给我看看！"

星辉公主："不用借啊，这是我为你准备好的！"说着便递了一副蓝色镜框的"超光能"隐形显示镜给周勇。

周勇戴上"超光能"隐形显示镜再往前一望，竟然发现前面的屏幕上显示了一个超大的圆穹形的大罩子。

星辉公主指着屏幕上的那个圆穹形的大罩子："那便是它们的黑洞基地了！"

周勇："看它的外形，倒像金属的。"

星辉公主："不，那是你的错觉，其实它也只是一个黑洞能量保护罩。所以，我们只要启动我们太空服上的隐形按钮，就可以来去自如了。"

周勇此时心里极其牵挂叶兰，便急切地说道："星辉公主，那我们赶快行动吧！"

说着，他们便启动了太空服上的隐形按钮，而后，他们随着发射舱发射而出，飞钻入了黑洞基地的黑洞能量保护罩。

周勇只感觉身子轻飘飘地从上空中飞落而下。他与星辉公主同时飞落在一个宽大的平顶台上。

星辉公主望了望四周，用白矮星心语对周勇说道："从现在开始，我们只能用心语对话。"

周勇用心语回复道："现在我们该去哪找叶兰的灵魂？有电子地图吗？"

星辉公主："有，我已保存在脑海中了。你跟我来。"

说着，星辉公主便领头往前奔去。

周勇紧跟其后追去。

星辉公主领着周勇在一条条银白色的巷道中东奔西绕地往前走了好一阵，而后拐到了一个向下的楼梯口处。

星辉公主没有选择走黑洞能量梯，而是选择走向下的悬空浮梯，他们往下一直走了十几层，又绕走了几条银白色的巷道，便来到了一个银灰色的大圆球跟前。

星辉公主停住了脚步，回头用心语告诉周勇："叶兰的灵魂就被关在这个封闭式的圆形监狱内。"

说罢，他们凑到圆形的监狱前往里观望。

奇怪了，他们竟能看到叶兰那飘荡的灵魂光影在里面无助地飘来飘去。

见此情景，心酸难过的周勇用心语急切地问道："我们要怎样才能救出她？"

"别着急，看我的!"星辉公主像变魔法术似的从身上取出了一个光能钻，随后又取出一个银白色的白矮星光能"吸入瓶"，对周勇说道："我来钻孔，我钻头钻入后，你把光能吸入瓶套在钻头后面的接口处。然后，启动瓶上的'吸入'按钮便可以把叶兰的灵魂吸到这个光能聚魂瓶中去。"

周勇："嗯，好的，那我们马上行动！"

说着，他们便配合着，着手营救叶兰的灵魂。

被关押在里面的叶兰的灵魂正焦虑地在里面飘来飘去，突然听到头顶传来了一阵"嗡嗡"的声响。

继而，令她感到惊喜不已，因为她听到了两个熟悉的声音。

"已经钻穿了！已套接上！启动'吸入'开关！"

叶兰的灵魂不由得欣喜地想道："啊，是他们！是周勇与星辉公主来救我了！"

她抬起了飘浮的灵魂"头"来，发现有一根光能钻伸探了进来。而后，看到了一道耀眼的光能量之光，叶兰便感觉自己的灵魂被一股超强的力量给吸拉着直往一根圆筒状的管口处飘飞而去。

随后，叶兰的灵魂便失去了意识。

此时，星辉公主盯望着周勇握着的光能聚魂瓶越来越满，欣喜地说道："已被吸出来了！"

周勇有些担忧地问道："你确定，全部被吸出来了？"

星辉公主："是的，快把它拔下来，盖上盖子，我们赶紧走。"

周勇拔下瓶子拧紧了盖子，便与星辉公主转身离去。

可是，他们才走没几步，身后那被损坏的圆形监狱便发出了警报："嘀哩——嘀哩——"

星辉公主："糟了，它们的警报系统响了，过不了多久，沙拉便会带怪兽军追来，咱们得赶紧往外飞！"

说着，他们飞身跃起，往圆穹形的黑洞能量保护罩顶上飞跃而去。

他们"唰"地跳出了圆穹形的防护罩，腾飞着跃入了停在外边太空中的中型超光速"星辉号"隐形光能飞艇。

而后，他们火速各就各位，驾驶着飞艇飞起！

他们才往前没飞多远，便从太空防御系统屏幕上发现沙拉紫色的黑洞战斗飞船紧追了过来。

周勇："糟了，它追过来了！"

星辉公主："别担心，咱们启动光能导弹系统抵抗！"

可她的话刚落音，只见从沙拉的黑洞战斗飞船上发射来了几枚黑洞能量弹。

星辉公主驾驶着飞艇凌空一翻，躲闪而过，随后瞄准了后面沙拉的战斗飞船，朝它发射了两颗光能导弹。

可是，沙拉的战斗飞船呈飘然状，躲闪而过。

星辉公主正要启动能量系统发射 M5 能量弹，只见从沙拉的飞船上射来了一枚巨大的呈火红状的奇弹。

"啊！"星辉公主与周勇只感觉他们的飞船顿时被一股超大的红光弥漫着包围了。

"不！"而后便见飞艇的驾控系统屏幕数据一片乱码，飞艇的系统警示音随之响起，星辉公主感觉飞艇此时已无法掌控，正无极限、超快速地前进。

"啊！好刺耳的噪音。"他们的耳边传来了刺耳的"嗡嗡"声，慢慢地，他们失去了意识。

沙拉此时在他的黑洞战斗飞船内大笑着："哈哈哈，中了我的黑洞迷幻追踪弹，你们完蛋啦！"

第十六章
黑洞怪兽军入侵地球

古达驾驶着隐形太空飞船来到了地球。

古达下了飞船，隐形躲藏在乐乐与齐齐上学必经的路上。

前面就是学校了，乐乐与齐齐匆忙地走在山坡上的马路上。

齐齐担心自己在山洞基地学习太空战术时耽误了几天的学习课程，向乐乐打听这几天的学习内容。

齐齐："乐乐，昨天语文老师都讲了一些什么内容?"

乐乐扭头，不快地嘀咕道："语文老师昨天不是教了第十课吗?"

齐齐一听，发现自己没耽误课，便撒谎道："哦，我昨天在语文课上打了瞌睡，所以没太听懂老师的讲课内容。"

乐乐："齐齐，调皮归调皮，咱们还是要努力学习才行啊，要不然，长大了当不上太空宇航员了!"

齐齐："知道了，当宇航员是我们共同的梦想，所以，我一定会努力的。"

这时，突然刮来一阵狂风，把他们高高卷起往前面几公里外的一座深山飞去。

而在他们后面的不远处，有一蓝一黑两道能量光和一道银白色的光追随他们飞去。

乐乐与齐齐被那阵狂风卷到了一个四周是茂密树林的山谷中。

他们从空中摔落在山谷中一片茂盛的深草丛中。

"啊！哎哟，疼死我了！"

乐乐："奇怪了，刚才我们不是快到校门口了吗，怎么突然到这个鬼地方来了？"

齐齐："咱们刚才被一阵怪风刮到这里来了。"

乐乐有些担心害怕："这地方会不会像上次一样有怪兽出没呀？"

齐齐望了望四周，双眉紧锁地说道："嗯……看四周阴风习习的样子，说不定还真有呢！"

乐乐："奇怪了，怎么看你的表情，一点都不害怕呢？"

齐齐："怕也没用啊，该来的终究会来的！"

他们正警觉地朝四周观望着。

突然，他们身旁的山坡上的那一米多高的杂草丛左摇右摆地涌动了起来。

"啊！糟了，有情况！"乐乐与齐齐吓得直惊呼。

乐乐吓得有些害怕，躲藏到齐齐的身后。

齐齐大声地叫嚷道："什么怪东西？快出来！"

这时，只见一道紫光在他们的眼前一闪，那深草丛中突然立起一条硕大的紫色怪兽蛇，朝他们飞扬跋扈地扑咬过来，还发出"呜——哇——"的声音，吓得他俩浑身一颤。

"快跑！"齐齐牵着乐乐转身逃跑。

可那条紫色的怪兽蛇却对他们紧追不放。

更可怕的是，他们往前大概跑了几十米远，前面的树丛中又蹿出了几只奇异的恐鳄兽，只见它们一只只长着鳄鱼头、霸王龙状的巨大的身子与尾巴。

只见这些恐鳄兽挡在乐乐与齐齐的身前，张牙舞爪地飞扑过来。

眼见着乐乐与齐齐就要被前后夹攻。这时，乐乐与齐齐的身后突然闪过一黑一蓝两道能量奇光，小蓝龙与小黑龙现身而出。

它们飞身跃起，变形成了身材巨大的蓝龙兽与黑龙兽，飞扑向前面的恐鳄兽，与它们激烈地咬杀了起来。

齐齐转身张开双臂，挡住了那条紫色的怪兽蛇去路，并扭头对乐乐说道："乐乐，你躲在我的身后，不要乱跑，让我来对付它！"

乐乐诧异地问道："咦，齐齐，你咋突然变得这么勇敢了？啊，小心！"

齐齐："放心吧，乐乐，我现在不是以前的齐齐了，我现在可是一名合格的白矮星战士！"

乐乐："啊！是我听错了，还是齐齐吓傻了，说胡话？！"

这时，乐乐发现齐齐飞身一跃变形成了一名身着银白色太空

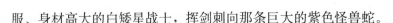

服、身材高大的白矮星战士，挥剑刺向那条巨大的紫色怪兽蛇。

一道银色的光能剑光"唰"地击向了那条巨大的紫色怪兽蛇。

紫色怪兽蛇把头一扬，躲闪过了光能剑，临空而下地朝齐齐扑咬了过来。

"小心，快闪！"齐齐拉着乐乐往一旁飞身而起，躲闪而过。

紫色怪兽蛇继续涌动着巨大的蛇身，张开着利齿毕露的大嘴准备扑咬过去，眼见着就要一口过去咬住齐齐与乐乐的身子……

在这十分危急的时候，只见空中一道银光一闪，"唰"地击中了紫色怪兽蛇的头部。

紫色怪兽蛇被击得头晃了晃，又扭过头来扑咬向前面奔跑着的乐乐与齐齐。

这时，空中又一道银光一闪，一个银色的光球"欶"地飞击向了紫色怪兽蛇。

齐齐猜测这发射的是光能弹。

紫色怪兽蛇张嘴，吐出一颗紫色的黑洞能量球"唰"地飞击过去，与空中那银色的光球相击，发出了巨大的"轰隆"声。

紫色怪兽蛇被巨响震荡得直扭头，它还没来得及缓过神来，见眼前又一道银光一闪，一名身材高大的身着银灰色太空服的白矮星光能将士站立在了它的身前。

紫色怪兽蛇阴冷地笑虐道："嘿嘿，来自白矮星的光能将士，你总算现身了！"

光能将士语气铿锵地说道："是你逼我出手的，你死定啦！"

紫色怪兽蛇略带担忧地问道："你，不会是洪崖兽将军吧？"

光能将士："你弄错了，洪崖兽将军是我们的将军，我是地崖兽将士！"

紫色怪兽蛇："嘿嘿，那你就准备受死吧！"

地崖兽将士："还不知道谁先死呢，看剑！"说着，手中变出了一把巨大无比的光能剑，闪烁着籁籁的光能量，朝紫色怪兽蛇挥砍而去。

紫色怪兽往旁一闪，而后一伸脖子，利齿毕露地吐着紫色的信子，准备向地崖兽将士咬去。

它一口刚咬过去，便见地崖兽将士变形成了一名光能超人，浑身闪烁着银色的光能焰火光，"嘶"地一下把紫色怪兽蛇的嘴给烧煳了。

直疼得紫色怪兽蛇"哇哇"地大叫着在地上直打滚。

只见它在地上打了几个滚，变形成了一个紫色的黑洞机器人，在地上"咔嚓咔嚓"地爬了起来，朝地崖兽将士所变的光能超人铿锵地走了过去，并伸出了机器臂朝身前的光能超人发射了一连串紫色的黑洞能量弹。

地崖兽将士飞身跃起灵活地躲闪而过。

而后，只见一道银光一闪，便听到一阵"咔嚓咔嚓"的声音，此时它眼前的光能超人也变形成了一名身材巨大的银光闪闪的光能机器人。只见它挥举起了银白色的机械手臂，启动了机械手臂下方的炮弹发射口，朝紫色的黑洞机器人"籁籁"地回击了一连串超强光能弹。

紫色的黑洞机器人按下腰间的一个黑洞能量发射按钮，发射出一股紫色的黑洞迷幻能量保护自己。

只见光能机器人所发射的光能弹被那股圆穹形的紫色的迷幻能量阻挡住了。

地崖兽将士所变的光能机器人飞向空中，准备朝黑洞机器人发射 M5 能量弹。

这时，黑洞机器人的嘴里传出了古达的声音，大声地招呼它手下的怪兽军："火速变形机器人，启动体内的复制模块！"

之后，便见它自己首先一下子变成了两个黑洞机器人，接着是 4，8，16……竟然一下子复制出了十几个黑洞机器人。

而正与小蓝龙、小黑龙决战的那些黑洞怪兽——恐鳄兽们，也各自复制出了一大群恐鳄兽。

古达所变的紫色黑洞机器人这时又厉声招呼众怪兽兵："火速抓住乐乐！把他送去 0078 号黑洞飞船！"

眼见着乐乐、齐齐、小蓝龙、小黑龙即将被众多的黑洞机器人与一大群恐鳄兽包围。

地崖兽将士着急地想道："糟了，我的体内暂时没安装复制模块，上了它们的当了！"

地崖兽将士大声地招呼齐齐："齐战士，快拉着乐乐飞跃上来！"

齐齐拉着乐乐飞身而起，可是他们刚飞跃上去，便见一大群恐鳄兽像叠罗汉似的，一个一个地瞬间就叠了几十米高，并"唰"地把乐乐与齐齐一左一右地拉扯了下来。

而那些复制出来的黑洞机器人则一齐围攻向了空中的地崖兽

将士所变形的银光闪闪的光能机器人。

光能机器人把机器臂瞬间变形成了光能刀，奋力地挥砍向从四周围攻过来的黑洞机器人。

而在左边的不远处，乐乐与齐齐刚掉到地上就被那些恐鳄兽包围了。

齐齐所变的光能战士，与小蓝龙、小黑龙所变的身材巨大的蓝龙兽与黑龙兽挡在了乐乐的身前，与那些恐鳄兽激烈地战斗了起来。

齐齐用那把超大口径的光能枪朝四周的恐鳄兽发射着光能弹，把它们给射击得高高地飞窜而起，化成了紫色的能量流飘飞而去。

那些恐鳄兽还在不停地复制增援着，眼见着被包围在中间的齐齐所变的光能战士、蓝龙兽和黑龙兽因寡不敌众，就要被围攻、倒下。

而一直躲藏在齐齐身后不远处的乐乐眼见着那一只只乌黑的恐鳄兽从四周朝自己逼近而来，心里担心害怕极了，他现在后悔极了，当初爸妈在家时，自己只顾好玩、好吃，却没有向爸妈学习太空战术，导致现在自己如一只任人宰割的羔羊，十分恐慌、无助。

乐乐："啊，糟了！那些可恶的家伙要过来抓咬我了！"

"啊！"他吓得惊恐地闭上了眼睛。

正在这危急关头，只见一道黑色的能量光在空中一闪，空中飞落下了一大队黑龙国的黑龙兽兵。

　　只见一只头上长着一对金色利角，后背上长着一对巨大的金色羽翼的黑龙兽，率先从空中飞跃而下，一脚踢开了那只正要叼向乐乐后背衣裳的恐鳄兽。而后，便张牙舞爪地扭头，朝那只恐鳄兽喷吐出了一股黑色的能量流，把那只恐鳄兽给冲击出了老远。

　　继而，又从空中跳跃而下了一只只黑龙兽，它们龇牙咧嘴地扑咬向了那一只只黑色的恐鳄兽。

　　起先，乐乐发现四周的恐鳄兽很多。

　　从空中飞下来的黑龙兽降落在乐乐身旁的不远处，专扑向乐乐身边那些攻击而来的恐鳄兽。

第十七章
火星、金星、地球的星际之战

就那么两三分钟的光景，乐乐惊诧地发现那些黑龙兽似乎看起来与恐鳄兽的数量相差无几了。

还有一些黑龙兽开始围攻前面不远处的那些正在攻击光能机器人的黑洞机器人。

只见那些黑龙兽朝那些黑洞机器人扑腾着、喷吐着黑色的能量流，有两只黑龙兽飞跃着把一名黑洞机器人推撞倒了。

还有三只黑龙兽排成了一行，昂首朝左边的两名黑洞机器人喷吐着黑色的能量流，把两名黑洞机器人轰击向了空中，而后那两名黑洞机器人又被重重地摔落而下，散架了。

齐齐所变的白矮星太空战士飞在一座山顶上，用超大口径的光能枪朝下边山谷中的黑洞机器人发射着超强的光能弹。那些黑洞机器人被击得东倒西歪地摇摆着身子。

这时，几只黑龙兽奔窜过来，从后面朝那些受伤的黑洞机器人喷吐着黑龙能量，把它们击飞向了空中。

　　古达所变的黑洞机器人正高高飞在上空中观战，见下面的黑龙兽竟慢慢多于黑洞机器人与恐鳄兽，它又启动了复制模块，复制出了一个个超强的黑洞机器人飞落而下，加入了下面的战斗群。

　　眼见着黑洞机器人又增多了，上空中飞着观战的地崖兽将士向火星附近的"白矮星号"巨型母船发射了"请求支援"的红色信号弹。

　　"白矮星号"巨型母船上的洪崖兽将军接到讯号后，利用空间光能传输技术向地崖兽将士传输来了一块"复制模块"。

　　只听见"咔嚓"一声，地崖兽将士的体内便安装上了光能"复制模块"，而后，地崖兽将士变形成了一名身材巨大的银色机器人，随后启动了"复制"按钮，变形出了一大队银色的机器人。

　　银色机器人从空中飞跃而下朝黑洞机器人走去，开始了激烈的战斗……

　　银色机器人与黑洞机器人激烈地战斗着，它们相互发射能量弹，挥舞着巨大的机器拳头，击打对方。

　　黑洞机器人的能量没法传输能量，而光能兽机器人的能量却正由上空中"白矮星号"巨型母船源源不断地传输下来。

　　古达所变的黑洞机器人眼见着自己所复制的黑洞机器人的能量越来越少。

　　它担忧极了，朝金星附近的 0078 号黑洞飞船内的卡沙发出了请求支援的讯号。

停在金星附近的 0078 号黑洞飞船中的卡沙在太空系统图上搜索了一下四周的"异星球"能量流，惊诧地发现在火星的附近，有一条光能传输通道正在往地球上传输着光能量。

卡沙："啊，白矮星的光能传输通道！"

卡沙瞄准了那条光能传输通道，朝那边发射了几枚黑洞能量弹。

"轰隆"，超强的黑洞能量弹把那条光能传输通道给轰炸得扭曲、变形得断了。

洪崖兽将军见光能传输通道受到了破坏，气恼地嘀咕道："很好！你不开火，我还没法找到你的空间位置呢！"他在太空系统图上锁定了刚才发射黑洞能量弹的太空位置，而后启动了 M5 能量发射系统，朝那边连续发射了几枚 M5 能量弹。

只见一颗颗超强的 M5 能量弹在太空中以超光速的模式"簌簌"地朝金星附近的 0078 号黑洞飞船飞射而去。

卡沙在太空战略系统前，见有 M5 能量弹飞射而来，把能量系统中之前在 Kepler－22b 行星上收集到的还残留的一点黑龙兽能量进行多次复制，瞄准 M5 能量弹射来的太空位置发射而去。

黑龙能量弹与 M5 能量弹在太空中相撞，发出了巨大的"轰隆"声。

洪崖兽将军很快便搜索到了 M5 能量弹反馈回来的能量分辨信息，得知从 0078 号黑洞飞船发射的是黑龙兽的能量后，气恼地嘀咕道："可恶，竟然使用黑龙兽的能量！看我怎么整你？！"

只见他从母船的能量系统中，调出了之前在 Kepler－22b 行星上复制的 Kepler－22b 行星"巨型能量球"的能量，而后把巨型能量球的能量调放到了能量发射系统，便瞄准太空战斗系统上的金星附近的 0078 号黑洞飞船，发射 Kepler－22b 行星"巨型能量球"的能量弹。

面对巨型能量球的能量弹来袭，卡沙这次可真是没有应对的超强能量了。它启动 0078 号黑洞飞船的"瞬间移动系统"准备逃离。

可是，巨型能量球的能量发射速度是千倍超光速的。瞬息间，便击中了 0078 号黑洞飞船的后尾处。

"啊！"卡沙直惊呼，关闭了后尾舱的舱门，随后，启动黑洞能量隐形保护罩与瞬间空间移动系统，溜之大吉。

洪崖兽将军："嗯，逃命吧！我看你还怎么帮地球上的那些黑洞怪兽。"

虽然卡沙开溜了，洪崖兽将军却半点也不敢疏忽，认真地操控着"白矮星号"巨型母船的太空战斗系统，生怕卡沙耍诡计再次偷袭。

再说，在地球上，古达与他的怪兽军的能量越来越少了。

古达急得又发了几次请求支援的讯号给 0078 号黑洞飞船内的卡沙，却一直没有收到回复。

因为能量不够，古达的黑洞机器人大军都变回成了黑洞怪兽军。

古达眼见着自己手下的怪兽军一个个疲惫不堪地应战着。它从上空中飞跃而下，又变形成了一条巨大的紫色怪兽蛇，飞扬跋扈地扑咬向四周的黑龙兽。

众黑龙兽围攻了上来，纷纷朝它喷吐着黑色的黑龙兽能量。

紫色怪兽蛇则喷吐着紫色的黑洞能量应对着。

紫色怪兽蛇终因寡不敌众被黑龙兽喷吐的能量流给冲击得摔

了老远。

这时，黑龙兽国王所变的具有金角、金色羽翼的黑龙兽从空中飞身而下，张嘴朝紫色怪兽蛇喷吐出了一股超强的黑龙兽能量。

紫色怪兽蛇被击得身受重伤，口吐鲜血地从空中重重摔下，掉落在山谷中的深草丛中。

残留的众恐鳄兽见古达身受重伤，围拢了过来，变回了黑洞怪兽军的模样，扶起了身受重伤变回黑洞将士模样的古达，瞬间变成几股紫色的黑洞能量流朝上空中逃窜离去。

黑龙兽国王："哈哈哈，黑洞怪兽军终于被我们打败了！"

众黑龙兽："国王，我们成功保护了地球！"

突然，黑龙兽国王东张西望似乎在寻找着什么。

原来是乐乐不见了。

"糟了，中了它们的调虎离山之计！"

黑龙兽国王吩咐大家去寻找乐乐："快，大家快去寻找乐乐！"

这时，齐齐走了过来对黑龙兽国王说道："不必找了，白矮星的地崖兽将士把乐乐接去训练太空战术了。"

黑龙兽国王："哦，你确定那个地崖兽将士不是黑洞怪兽军所变？"

齐齐："您放心吧，我的太空战术就是地崖兽将士教我的。"

黑龙兽国王："嗯，那太好了！"

这时，天空中传来了一阵地球巡逻飞机的嗡嗡声。

一名黑龙兽军跑了过来，向黑龙兽国王报告："国王，不好了，地球的飞行器过来了。"

黑龙兽国王大声地招呼道："快，大家赶紧隐形！"

齐齐："为什么呀？"

黑龙兽国王："如果让他们看到，误会我们入侵地球，就会发生战乱。"

齐齐："哦，那好吧！"

于是，黑龙兽国王与黑龙兽军隐身而去。

这时，天空中的那架巡逻飞机慢慢减速，准备在山谷中央降落而下。

齐齐一动不动地站立在那里，等候着飞机降落。

飞机降落到山谷平地上，一名巡逻空军走了下来。

他走到齐齐的面前，神情严肃地行了一个军礼，而后一脸诧异地问道："小朋友，刚才我们在上面看到这山谷中黑压压的一大片是什么东西？"

齐齐："哦，空军叔叔，你们一定看错了吧？我刚才一个人在这放风筝，什么都没有。"

巡逻兵："奇怪了，刚才明明看到很多黑色的动物，怎么一下不见了呢？"

齐齐："空军叔叔，真的是你们看错了！这里刚才除了我，没有别人，也没有别的动物。"

巡逻兵又举起望远镜，朝四周望了望，四周除了风声，一片宁静。巡逻兵扭头对齐齐说道："哦，好的，谢谢你，小朋友下次别一个人到这荒山野岭放风筝，会有野兽，很危险的。"

齐齐点了点头，巡逻兵转身走向了那架巡逻直升机。

这边的飞机一飞走，黑龙兽国王与众黑龙兽便现身而出。

黑龙兽国王向齐齐告别道："我们先走了，不过请放心，因为没有见到乐乐，我们暂不回我们星球。只要你们一有困难，我

们就会及时出现，保护你们！"

齐齐："谢谢您，尊敬的黑龙兽国王，谢谢你们帮我们赶走那些可恶的外星怪兽。"

黑龙兽国王与齐齐挥手告别："那我们先走了，齐齐战士多保重！"

这时，小蓝龙与小黑龙从他们身后远处的深草丛中奔窜了出来，边跑边招呼黑龙兽国王道："等等，等等我们，我们也要走！"

黑龙兽国王一脸诧异地问道："你们刚才去哪儿了？"

小黑龙与小蓝龙："我们刚才去这附近巡逻了！""是呀，是呀，看看有没有黑洞怪兽军躲在这附近的草丛中！"

可黑龙兽国王却朝它们挥手拒绝道："不行，你们得留守在地球，保护乐乐与齐齐！"

小蓝龙与小黑龙相互对望了一眼，而后，眨了眨眼睛应答道："哦！那好吧！""是，尊敬的国王！"

黑龙兽国王说着朝空中按了一下手中的一个闪光遥控器，空中突然出现一艘超大的黑色飞船，飞船底下打开了一扇飞船舱门，一股黑色的传输能量流从那舱门飞射而下。

黑龙兽国王与众黑龙兽军瞬间被传输了进去。然后，那艘黑龙国的飞船高高飞起，瞬间消失在山谷中站立着的齐齐与小蓝龙、小黑龙的视野中。

第十八章/平行空间拯救龙兽

这时，小黑龙好奇地问齐齐："奇怪了，怎么不见乐乐主人呢？"

齐齐："乐乐有事先走了。"

小黑龙："乐乐主人去哪儿了？"

齐齐诧异地望了望身旁的小蓝龙与小黑龙，心想：平时小黑龙、小蓝龙与乐乐寸步不离，怎么今天它们竟然不知乐乐去哪了。另外，刚才地崖兽将土接走乐乐时，它们也在场。

这时，小蓝龙又催问了："齐齐，你还没告诉我们乐乐去哪了呢？"

齐齐心想，如实相告可能对乐乐的安全不利，便转着弯子说道："我们先回去吧，如果我猜得没错的话，乐乐应该比我们先到家。"

小蓝龙欢快地说道:"那好吧,我们快走吧!"

小黑龙却好奇地问道:"乐乐家远吗?"

齐齐一听,似乎更肯定自己心中的猜测了。

他本想对小黑龙说,你不是去过一次吗,但又怕打草惊蛇,便绕着弯子答复道:"不远啊,你们不是都去过!"

说着,齐齐便领头往下山的山道走去。

再说此时的乐乐正与地崖兽将士一起,在山洞内的太空基地进行太空战斗训练。

乐乐在地崖兽将士的指导下,正在进行太空模拟战斗课程训练,课程内容包括:驾驶飞船、操纵飞船穿越时空、发射光能导弹、发射能量导弹,等等。

地崖兽将士边教边称赞道:"很好,你比齐齐学得还要快!真不愧是叶兰与周勇的后代!"

乐乐好奇地问:"地崖兽叔叔,我爸爸妈妈在太空中好吗?"

地崖兽将士略微停顿了一下,说道:"他们都挺好的,至于具体情况,等你学会太空战术后,去外星球上与他们见面便知道了!"

乐乐信心十足:"那好的,我一定要加油学习,争取早日去太空见爸爸妈妈!"

地崖兽将士:"好样的,乐乐战士!"

那天下午,在山谷上空巡逻的飞机,突然接收到了"SOS"求救讯号。

飞机上的巡航员搜索讯号,而后锁定了信息发出的位置,便立即往那边飞去。

"奇怪了,怎么求救讯号是从刚才那个有'黑色异生物'的山谷中发出的?"

没多久，巡航员的巡逻飞机又降落在刚才的那个山谷中。

队长发话了："这次由特战队员下山谷中巡逻！"

特战队员："是，队长！"

两名特战队员手里拿着一个信息搜索跟踪器在深草丛中快速地往前走着。

他们沿着求救信息的来源，从深草中走到了一条石崖缝的入口处，只见那条一米多宽的石缝两边是陡峭的山石崖。

他们朝四周望了望，见没有异常情况，便蹑手蹑脚地往那条石缝深处走去。

为了安全起见，他们手握激光枪，背靠背地往前走着，并边走边警惕地巡望着四周。

突然，高个子战士的头撞到了石缝间的一块石头上。

高个子战士："哎哟！我的头撞到石壁上了。"

矮个子战士："嘿嘿，谁叫你长那么高呀！"

没多久，他们走到了石缝的拐弯处。

这时，他们突然惊诧地发现刚才的求救讯号没了。

高个子战士说道："奇怪了，这'SOS'求救讯号怎么没了？"

矮个子战士："如果我猜得没错的话，我们的搜救目标应该就在这附近。"

说着，为了找到搜救目标，他们用手掌"啪啪"用力地拍打着两边的石崖壁："喂，里面有人吗？我们来救助你们了！"

这时，他们手中的搜索器突然感应到了一股超强的能量流，能量搜索器的指针瞬间指向了最高的数据。

矮个子战士："糟了，有两股超强的能量流正向我们涌来！"

高个子战士低头往手中的搜索器一看，也吓得手直抖动，眼

睛直发愣地说道："啊，这附近真有两股超强的能量流。"

矮个子战士边巡视着四周，边好奇地问道："啊，是什么类型的能量流？"

高个子战士认真地搜索、检测着能量流，而后说道："啊，是异星球生物发射出的能量流。"

矮个子战士："看来刚才的求救讯号是它们发出的了！那我们还要不要搜救它们？万一它们对我们有危害的话……"

高个子战士："当然要搜救了！"

矮个子战士："可是，我们看不到它们在哪儿？"

高个子战士："可能是它们被困在平行空间内的某处吧！"

矮个子战士："对了，我们不是有平行空间的时空钥匙吗？我们可以穿越过去寻找它们啊！"

高个子战士："快速启动平行空间的时空钥匙！"而后，只见一道刺眼的银光在他们的眼前一闪，他们便发现自己进入了平行空间。

在平行空间中，他们又看到了一条一样的石缝，不同的是，在这条石缝中有着一黑一蓝两只外星小怪兽，它们各自被一根奇异的"紫光能量绳"给捆绑着坐在地上，直摇头摆尾地挣扎着。

矮个子战士："果真不出我所料，它们真被困在平行空间中了！"

蓝色小怪兽朝他们点了点头，说道："我们是来自 Kepler－22b 行星的小蓝龙与小黑龙，我们被困在这里了，请救救我们！"

高个子战士："是谁把你们困在这里的？"

小黑龙这次抢先答道："是黑洞怪兽军！"

高个子战士："可是你们身上的能量绳索，我们也没有办法解开啊!"

小蓝龙想了想,说道:"我们身后有能量剑,你们过来帮我们取一下。"

两名战士走到小蓝龙、小黑龙的身后一看,却什么也没看到。

矮个子战士:"你们的身后什么都没有啊!"

小蓝龙抢先说道:"我们的能量剑隐形了,你们看不到,我们马上把它变出来!"

话刚落音,只见一蓝一黑两道奇异的能量光在他们的眼前一闪。

两名战士惊诧地发现小蓝龙与小黑龙变形成了两名身着蓝色、黑色太空服的外星战士,而在它们身后的腰间各自别着一把能量剑。

两名战士走过去,准备取下能量剑。

高个子战士边走边警惕地问道:"你们的能量剑不会伤到我们吧?"

小蓝龙:"放心吧,地球人的基因密码还没被设置成能量剑的杀伤对象,所以你们会很安全的!"

矮个子战士:"哦,那就好!"

说着,两名特战队员走到它们的身后,各自取下了一把能量剑,而后,他们用那把能量剑往小蓝龙与小黑龙手腕上的黑洞能量锁上一砍,能量锁"咔嚓"一声被解开了。

两名外星战士瞬间变回成小蓝龙与小黑龙,它们高兴得手舞足蹈地向他们道谢,却吓得那两名特战队员以为它们要攻击他们,赶紧往后退了一步说:"啊!准备战斗!"

小黑龙"嘿嘿"地笑了，说道："别，别开枪！"

小蓝龙也在一旁解释道："我们是宇宙盟友，不是敌人！"

两名特战队员似懂非懂地点了点头，说道："哦……我们暂且相信你们，可不许耍花招哦！"

小蓝龙举起了左爪，保证道："放心吧，我们绝不会伤害你们！"

小黑龙却在一旁问道："你们认识周勇与叶兰吗？"

矮个子战士："他们是特级太空战士，当然认识了！"

小蓝龙："他们是我们行星的盟友！"

高个子战士："是吗？既然如此，那我们暂且先相信你们！"

矮个子战士："你们现在得救了，要去哪里？"

小黑龙："我们要回地球空间赶走那些黑洞怪兽军。"

矮个子战士："我们去帮你们吧！"

"不需要了，你们看不到它们，也对付不了那些黑洞怪兽军，我们会帮你们赶走它们！"它们的话刚落音，两名战士便见到一蓝、一黑两道奇光一闪，他们眼前的小黑龙与小蓝龙穿越出了平行空间，不见了踪影。

于是，两名特战队员也启动了平行空间钥匙，返回地球空间。

第十九章
假龙兽的阴谋

小蓝龙与小黑龙出了平行空间后，便来到了那座大山上。

它们直奔山洞中的基地而去。

原来，小蓝龙与小黑龙感应到了一件很重要的事，所以，它们准备好好商议一下，然后再行动，争取一次搞定对手。

此时，那两只与齐齐在一起的假小黑龙、假小蓝龙与齐齐一起下了公交车，但它们不知乐乐家怎么走，又不好意思问齐齐。

齐齐交代它们："往前面走五十米，过马路有一个公交车站台，你们坐3路公交车便可以去乐乐家了。"

假小蓝龙想了想，绕着弯子问道："3路公交车乐乐很少带我坐，你能告诉我，乐乐家在哪个站台下车吗？"

齐齐想了想，说道："到幸福村下车便是了。"

假小黑龙："到那后，又该怎么走？"

齐齐一脸狐疑地望着它们："不会吧，你们连主人的家都找不着了，还怎么保护乐乐呀？"

假小蓝龙在一旁牵了牵假小黑龙的尾巴，对齐齐说道："这家伙可能是在刚才决战时被打坏脑子了，齐齐放心吧，我们能找到乐乐家。"

齐齐："行，那就好，我先走了！"

齐齐说着扭头便走了。

假小黑龙与假小蓝龙也扭头往前面的公交车站走去。

往前走了十米后，假小黑龙边走边嘀咕道："刚才还没问到怎么找到乐乐家呢？你怎么就急着要走了？"

假小蓝龙拍了一把假小黑龙的头，骂道："笨蛋，你再问下去，咱们可就要露馅了！"

假小黑龙："可是，待会我们要怎么才能找到乐乐家，去抓他呀？"

假小蓝龙又拍了一下假小黑龙的后脑勺，说道："笨蛋，那还不简单，周勇与叶兰他们在地球那么有名气，待会我们只要问一下他们家在哪，自然会有人会告诉我们。"

假小黑龙想了想："也对，看来，还是你聪明。"

假小蓝龙："要是像你这么笨，我哪能当上队长呀，笨笨兽！"

齐齐往前走了没多远，越想越觉得不对劲。

刚才假小蓝龙与假小黑龙的举止让他更加怀疑，它们一定不是真正的小蓝龙与小黑龙。

可是，要怎样才能试探出真正的结果呢，而且，要赶在乐乐回来之前试探出结果才行，要不乐乐可就会有危险了。

想到这里，他用小手挠了挠自己的后脑勺，想出了一个好办法："有办法了！"

假小蓝龙与假小黑龙乔装打扮了一番，走上了3路公交车，然后在幸福村下车了。

它们刚下车，往前没走多远，便见前面的不远处有一个拎着一袋东西的小男孩，那小男孩的背影很像乐乐。

它们加快脚步往前走去，并边跑边喊："主人，等等我们！乐乐主人，请等一等！"

前面的小男孩回头一望，它们欣喜地发现那就是乐乐。

"太好了！很快就能抓住他回去交差了！"它们欣喜地在心里想道，追上前去。

它们疾步追到乐乐跟前。

假小蓝龙："主人，终于找到你了！"

乐乐好奇地问道："咦，你们怎么会在这里？"

假小黑龙："我们担心你的安全啊，所以出来找你了。"

乐乐摊开手，若无其事地答道："有什么好担心的，那些黑洞怪兽不是被赶走了！"

假小蓝龙："可是主人，我们的任务就是保护你的安全啊！"

假小黑龙也跟着在一旁附和道："是的，你走到哪，我们必须跟到哪。"

乐乐："随你们吧，你们高兴咋样就咋样。"

往前走了一段，假小蓝龙与假小黑龙发现，乐乐并没有带着它们回他的家，而是往空旷的山野走去。

　　假小蓝龙紧追了两步，诧异地问乐乐道："主人，你这是要去哪啊？"

　　乐乐："我准备带你们去一个地方玩，你们想不想去？"

　　假小黑龙、假小蓝龙："想，当然想啊！"

　　它们的心里却在琢磨着："嘿嘿！，总算找着机会抓你走了！"

　　乐乐只顾往前走着，没有回过头来望它们。

　　假小蓝龙与假小黑龙在后面边走边用乐乐听不懂的黑洞语言商议着抓乐乐的方法。

　　没多久，他们来到了郊外的一片草地上。

　　乐乐停住了脚步，把手中的袋子放到了草地上，而后，在草地上铺了一块餐布。

　　假小蓝龙走向前去，好奇地问道："主人，你这是要干什么啊？"

　　乐乐："我在准备野餐啊！你们看，我带了很多好吃的东西来。"

　　乐乐说着，从袋子里取出了一盒土豆烧肉和很多平时小黑龙与小蓝龙最爱吃的零食，有牛肉干，有油焖青豆，有牛奶糖……

　　可假小蓝龙与假小黑龙却站在他的身旁，呆呆地望着地上餐布上摆放着的这些可口的食物无动于衷。

　　乐乐："你们站在这里干吗，还不快点坐下来！"

　　假小黑龙抢先问道："主人，你叫我们坐下来干吗呀？"

　　乐乐："吃啊，我们一起吃啊！"

　　假小黑龙直摇头摆爪地说道："不，不，我不喜欢吃这些！"

　　假小蓝龙在一旁用力地踢了假小黑龙一脚，在一旁说道：

"哦，它的意思是刚才我们在外面已吃过了，所以肚子很饱吃不下。"

乐乐："哦，原来是这样，那你们不吃，我就一个人吃！"

说着，乐乐滋滋有味地边吃边望着面前的假小蓝龙与假小黑龙。

只见它们并不嘴馋，一脸若无其事的样子望着他。

乐乐一个人在那里吃，它们站在一旁干望着。

突然，假小黑龙不耐烦地大叫道："我不能再等啦，等得不耐烦了！我要开始抓他了！"

说完，便见假小黑龙变成了一只巨大的恐鳄兽，凶恶地扑向了乐乐。

"啊，你们果真是黑洞怪兽！"乐乐见状摇身一变，便变形成了一名高大的白矮星战士，飞身跃起，朝它们嘿嘿地冷笑道："嘿嘿，我是齐齐，刚才我就怀疑你们不是真的，现在总算现出原形了，来吧！"

说着，他便从身后抽出了一把白矮星的银色光能剑，挥砍向了迎面扑来的那两只乌黑巨大的恐鳄兽。

此时，真正的小蓝龙与小黑龙已在山洞中的基地内商议好对付黑洞怪兽的好办法，正准备下山。

它们蹦跳着走在下山的小道上，突然，小蓝龙像是突然感应到了什么似的，惊呼道："不好，齐齐有危险！"

小黑龙也眯眼凝神地感应了片刻，说道："啊，有两只恐鳄兽在攻击他！"

小蓝龙："快，我们火速赶去助战！"

说着，它们便飞身跃起，变形成了一黑一蓝两股能量流，往幸福村的方向飞去。

而这时，齐齐所变的白矮星战士正挥舞着手中的光能剑左右挥砍，激烈地对抗那两只恐鳄兽的攻击。

那两只恐鳄兽甩了甩头，便张嘴一左一右地朝他喷吐出了一股紫色的黑洞能量。

"啊!"那紫色的黑洞能量流把齐齐所变的白矮星战士一下子冲击到了空中。

眼见着齐齐的身子就要撞到前面近百米远的一座高耸石山的尖锐石崖……

第二十章/
恐鳄兽与龙兽的恶战

在这危急时刻，一蓝一黑两道能量之光从天而降，一左一右地疾飞向了摔飞而去的齐齐。

眼见着齐齐就要撞上石崖壁，那一蓝一黑两道能量之光在上空中圈围住了齐齐。

而后，齐齐被轻轻地放在下面的一片草地上。

之后，便见那一蓝一黑两道能量光又转身飞向了前面不远处的那两只狂野的恐鳄兽。

那两只恐鳄兽正诧异，却见那两道能量光刚飞到它们的面前，便摇身一变，变形成了巨大的蓝龙兽与巨大的黑龙兽。

蓝龙兽与黑龙兽"呜哇——呜——"地各自吼叫了一声，便一左一右地各扑咬向了自己面前的那只恐鳄兽。

四只巨大的怪兽在草地上空厮杀决战着。

齐齐所变的白矮星战士站在那里，不知该不该去帮小蓝龙与小黑龙。

这时，他像是突然想起了什么似的，从自己的身后掏出了一把光能枪。

他瞄准了那两只恐鳄兽准备射击。

突然，他的耳边传来了地崖兽将士的心语招呼声："你不用帮它们了，它们足以应对那两只恐鳄兽。快去上次你学太空战术的那座大山脚下去接乐乐！"

齐齐用心语答道："好的，我这就去！"

齐齐说着便飞身而起，化变成一道银光往那座大山的方向飞去。

在山洞中的"太空训练基地"训练的乐乐已学完了所有的太空战术。

地崖兽将士对他说道："乐乐，你已完成了所有训练任务，你都学会了吗？"

乐乐信心十足："您放心吧，所有的太空战术，我全都学会啦！"

地崖兽将士："很好，现在遇到怪兽时，你就可以自卫了！"

乐乐欣喜自豪地握拳说道："太好了，我终于可以扬眉吐气了，可以去教训那些可恶的怪兽了！"

地崖兽将士："扬眉吐气是什么意思？是不是地球人的呼吸运动？"

乐乐："这扬眉吐气的意思就是我以前总被怪兽欺负，现在可以狠狠地去教训它们了！"

地崖兽将士："哦，原来是这样！地球人的语言真有趣！"

而后，地崖兽将士对乐乐说道："乐乐战士，你可以下山去了！有事呼叫我，我会及时出现的！"

"好的，谢谢地崖兽将士！"说着，乐乐转身，沿着幽远深长的洞道走出了那个山洞。

在幸福村的郊野，小蓝龙与小黑龙所变的蓝龙兽与黑龙兽已经与那两只巨大的恐鳄兽大战了三百多个回合。

只见四只怪兽累得气喘吁吁，边战边喘着粗气！

这时，那两只恐鳄兽突然仰天"哇哇"地大吼了几声，而后像被充足了能量似的，狂猛地朝蓝龙兽与黑龙兽扑来。

蓝龙兽与黑龙兽躲闪不及，各自被咬了一口。

顿时，它们的伤口处各冒出了一股蓝色、黑色的汁液。

那是它们体内的血液。

它们顿时感觉伤口处一阵刺疼传来，似乎体内的能量也随着体内的血液正从伤口处慢慢流失。

此时，那两只恐鳄兽却像充足了能量似的，越战越猛了。

"呜哇"，它们的眼睛里闪烁着紫光，张牙舞爪地扑咬了过来！

"啊！啊……危险！"蓝龙兽与黑龙兽往后退了几步。

此时，蓝龙兽与黑龙兽的身子直晃悠着虚弱得快要倒下了。

这时，空中突然闪过一道银光，便见一只巨大的白矮星的光

能兽挡在了蓝龙兽与黑龙兽的身前。

那两只恐鳄兽惊诧地往后退了两步。

在巨大的光能兽面前，它们显得像是老鼠遇上了猫似的，显然有些畏惧了。

没多久，它们便飞跃而起，扑咬向了那只巨大的光能兽。

光能兽似乎没把它们放在眼里，只是略微停顿了片刻，便把头一扭，朝那两只恐鳄兽狂吼了一声："呜哇"，从嘴里喷吐出了一股巨大的 M5 能量流。

那两只恐鳄兽也张嘴，喷吐出紫色的黑洞能量流来对抗。

M5 能量流巨大的冲击力把它们给冲击得高高飞起，撞向了高高的太空。

一旁正趴在地上休息的蓝龙兽与黑龙兽见此情景，虚弱地眨了眨眼睛，便变回成了小蓝龙与小黑龙。

这时，那只巨大的光能兽从上空中飞身而下，变回了地崖兽将士的模样，他正准备去弯腰抱起小蓝龙与小黑龙。

这时，只见两道银光一左一右地在他面前的空中划过一道弧线后降落在他的面前，变成了齐齐与乐乐。

原来，齐齐接到乐乐后火速赶回这边了。

乐乐见小蓝龙与小黑龙晕倒在地，吓得直惊呼："啊，小蓝龙与小黑龙怎么了？"

地崖兽将士："刚才我赶过来时，它们已身受重伤，幸亏我及时赶到救下了它们。"

乐乐："太感谢您了，尊敬的地崖兽将士！"

齐齐却在一旁提醒乐乐道："快，我们带它们去基地补充能量！"

这时，空中一道黑色的能量之光一闪，便见黑龙兽国王从空中飞身跃下，抱起了小蓝龙与小黑龙说道："我带它们去飞船上治疗并充值能量，它们会康复得快一些！"

齐齐与乐乐在一旁直点了点头。

地崖兽将士感激地说道："那有劳您了！"

黑龙兽国王："它们是我们星球的战士，救它们是我的分内工作。"

说着，便见它飞身跃起，往上面的太空中飞去，一眨眼便不见了踪影。

地崖兽将士也朝齐齐与乐乐打招呼道："我先走了，你们要时刻注意安全，因为卡沙与古达的黑洞怪兽军随时都有可能回来袭击你们。一有危险，及时告诉我，我会来帮你们！"

齐齐与乐乐恭敬地朝地崖兽将士点了点头，说道："好的！谢谢您，尊敬的地崖兽将士！"

地崖兽将士变成了一道银光飞向天边瞬间消失了。

齐齐与乐乐整理路边草地上的书包，背起书包准备往学校走去。

只见眼前一道光一闪，他们回到了刚才上学时快到学校的道路上。

他们惊诧地低头看了看手表。

时间停留在他们刚才上学时遭遇到怪兽的后一秒钟。

齐齐："奇怪了，我们对抗了那么久，怎么还没到上学时间！而且，我们怎么又回到了这里！"

乐乐："如果我猜得没错的话，刚才的那些黑洞怪兽都是从四维时空通道涌出的，它们把我们抓到了四维空间中去，所以我们与它们战斗也是在四维空间中。现在我们从四维空间出来，我们又回到了之前的时空区。而在四维时空区所发生那一切的时间，相对于地球时空区来说，其实，只是短短的一秒钟的光景。"

齐齐甚是欣喜地："啊，那太好了，我们赶紧上学去！"

说着，他们便背着书包快步往学校走去。

第二十一章
穿越虫洞误坠 Gliese 163c 行星

此时，在遥远的银河系外的某个星岛上。

那里，四处是高耸、尖锐的银色山崖，每座山峰都高而陡峭。

远远望去，那里就像一片高耸的银崖森林之城。

而在那深不见底的银色石崖下，则缥缈地缭绕着蓝色的迷雾。

再往下望去，可以惊悚地看到，有波涛汹涌的蓝色海水翻腾、起伏着。

而在一座顶部略微平坦的银色石崖顶上，有一片奇异茂盛的蓝草地。那蓝草地似乎被压折了一大片，沿着被压折的那片蓝草丛，再往前望去，便可见一艘银白色的"白矮星号"超光速飞艇正倾斜地停在那草地上。

153

看样子，飞艇是从半空中摔落而下的。

这艘"白矮星号"超光速飞艇的四周弥漫着穹形的红光。

而此时，"白矮星号"超光速隐形飞艇内，周勇与星辉公主似乎还处在昏迷状态。

飞艇外的蓝草地上空忽地"轰隆、轰隆"地响起几个惊炸的猛雷，便"哗哗"地下起了大雨。

而在空中，有一颗超大的红矮星高高地挂着，像一个美丽的红气球似的。

这时，天空中又"轰隆、轰隆"地打了几个响雷。

这惊炸的猛雷声把周勇与星辉公主从昏迷中惊醒了过来。

周勇直捂着耳朵："啊，好刺耳的声音！"

星辉公主扭头望向舷窗外，一脸惊诧地："咦，这么大的爆炸声，我们这是到哪了？"

周勇也走到飞艇的舷窗边，往外面望去："哇，这外面的风景好奇异，我们这是飞到了哪个星系啊？"

星辉公主仔细地回忆着："让我想想，我们在 PH1 行星上，拯救叶兰的灵魂后，被沙拉的黑洞飞船发射的一枚巨大的呈火红状的奇弹击中，然后，我们的飞艇就失去了控制……"

周勇拍了拍自己的脑门，努力地回忆着，应和道："是的，好像就是这样。"

星辉公主："可是，我们的飞艇失控后所发生的一切，我就没印象了。"

周勇："我也一直昏迷到现在，星辉公主，我们先检查一下飞艇的太空航控系统，看看有没有被损坏吧。"

"如果没坏的话，我们便可以在太空航控系统上，搜索我们现在所处在的太空位置。"

星辉公主："你说得对，我们马上启动太空航控系统搜索。"

说着，星辉公主便启动了飞艇的太空航控系统。

只听见"嘀"的一声过后，系统便开始了太空位置搜索。

不一会搜索结果出来了，只见搜索结果显示：现在所处的太空位置是 Gliese 163 恒星系内的 Gliese 163c 行星。

周勇凑向前去一看惊呼道："啊，Gliese 163c 这颗行星距离地球 50 光年，我们在昏迷时飞艇一下子航行了那么远?"

星辉公主思索了片刻说道："可能是由于当时沙拉发射的那枚巨大的火红状的奇弹冲击力太大，当时所处的空间产生了虫洞，使我们的"白矮星号"超光速隐形飞艇从虫洞中穿越而过来到了这行星。"

周勇听后直点头："嗯，公主的设想很有道理！这让我想起了地球科学家爱因斯坦的虫洞理论。空间受引力的影响是可变形的，可能某些能量把遥远的空间区域连接在一起形成了虫洞，连接遥远空间，形成快速通道，我们就是从这快速通道来这里的。"

"而当时形成这些条件的恰恰是 PH1 行星超强的引力与沙拉发射的那枚巨大的火红状奇弹所产生的超强冲击力。"

星辉公主："嗯，看来你们的地球上也有科学高人啊！"

周勇："那当然了，爱因斯坦可是我们地球上的科学巨匠！"

星辉公主："待会我们先检查'白矮星号'超光速隐形飞艇是否受损，再下去适应一下这异星球的环境，然后想办法尽快离开这里！"

周勇："是的，我们得赶紧回去想办法救出叶兰的身体！"

他们说着便开始检查飞艇的各部件系统，很快，检查结果显示"飞艇一切正常"。

星辉公主庆幸地说道："还好，一切正常。"

周勇像是突然想起了什么似的，在心底直嘀咕道："对了，光能聚魂瓶……"想到这里，他急忙在自己的怀中掏了掏，当他掏出那个瓶子时，欣喜放心地笑了。

他小心地把瓶子放入了胸前的口袋内。

星辉公主在飞艇内伸了一个懒腰，扭头对周勇说道："周勇，我感觉这飞艇内很闷，我们下去走走吧！"

周勇："我也想下去，可是，这颗行星地表的温度高达 60 摄氏度，我怕下去我们都会被烤焦了。"

星辉公主："放心吧，我们的太空服是耐超高温的，不用担心！"

"那好吧！"说着，他们便打开了飞艇门，走下了旋梯。

他们一踏上蓝色的草地，便举头瞭望，看到远处的天空中有一颗巨大的红矮星，像一个红色的大气球似的。由于 Gliese 163c 行星地表温度高，脚下的蓝草地双脚踏踩上去，周勇感觉是温热温热的。

周勇边走边低头对放在胸前口袋内的光能聚魂瓶用地球的语言轻声地说道："叶兰，我们现在已来到了 Gliese 163c 行星，这里的外星风景，让我想起了我们在 Gliese 581c 行星上的蜥蜴族人部落的蓝海边一起看日出的情景……我好怀念我们在一起的那段幸福的日子。"

星辉公主在一旁好奇地问道："周勇，你同谁嘀咕什么呢？"

周勇坦白地说道："我在与叶兰的灵魂说话。"

　　星辉公主："很好，你要经常与她交流，虽然她的灵魂被装在瓶子里，但是，由于光能聚魂瓶具有特异功能，她能感知外面的一切。等到一定的时间后，她的灵魂甚至能与我们进行心语交流或梦境交流。"

　　周勇欣喜地说道："是吗？那太好了！"

　　星辉公主望了望飞艇四周的天空："咦，我们的飞艇四周，怎么被一股奇异的红光萦绕着呀？"

　　周勇略带猜测地说道："可能是这空中的红矮星所投射的光线吧！"

　　星辉公主仔细地想了想，说道："不对，刚才在飞艇上，我看到这飞艇四周弥漫的红光，也以为是红矮星所投射的光……但是，现在下了飞艇，我发现这红光虽像一个巨大的圆穹，但只是笼罩在我们飞艇的四周……而在上空中的其他地方却没有。所以，我在怀疑……"

　　周勇急切地问道："你在怀疑什么？"

　　星辉公主用白矮星的心语与周勇交流道："我感觉这红光很像当时沙拉向我们的光能飞艇发射的呈火红状的奇弹光。所以，我担心沙拉发射的会不会是黑洞星际跟踪导弹？如果是那样，我们的行踪可就暴露了！"

　　周勇挠了挠后脑勺，不解地说道："可是，就算他们有星际追踪导弹，也不可能追踪这么远啊？"

　　星辉公主："如果当时他们的追踪导弹也跟着我们的飞艇一起进入虫洞，就有可能一路跟踪过来了啊！"

周勇："那好吧，在未弄清楚结果之前，我们都要小心点！"

这时，天空中忽地有很多深灰色的乌云聚拢，紧接着"轰隆隆"一声尖锐、惊炸的雷声从头顶上炸响。

星辉公主吓得"啊！"地惊呼，扑倒向了周勇的怀里。

周勇不知所措地双手扶住了星辉公主的双肩，生怕她摔倒。

因为在他们身前的几步之外便是陡峭的银石崖，如果摔落下去性命难保。

紧接着，雨下得更大了。

周勇提醒星辉公主："快，我们先回飞艇上去躲雨！"

说着，他俩便扭头往"星辉号"光能飞艇跑去。

飞艇上，星辉公主走进了自己的更衣室，把淋湿的衣服换了下来。

她推开飞艇的舷窗，望着窗外哗哗的大雨发着愣，似乎在回想周勇刚才拥抱她的情景……

可是，她没有注意到，一缕红光从那打开的舷窗口处悄悄地飘了进来。

当星辉公主从更衣室走出来时，发现周勇手里正拿着一块宽大的吸水太空棉擦拭着自己头上与太空服上的雨水。

周勇："想不到这颗行星上的暴雨比我们地球上的暴雨还要猛烈。"

星辉公主："呵呵，那当然了，因为这颗行星的体积要比地球大，大气层也要比地球上空的大气层厚很多倍，所以这星球上一下雨，简直就是扫荡式的冲洗了。对了，你干吗不去换件衣服？"

周勇直摇了摇头说道："没关系，我已抹干了！"

星辉公主笑了："呵呵呵，你一定是怕别的太空服没有口袋装光能聚魂瓶吧？"

周勇略带尴尬地笑了笑，说道："你怎么知道我会这样想呢？还真是被你猜中了，呵呵。"

星辉公主："很简单啊，我们白矮星的人都有这个洞察思维的特异功能。"

星辉公主说着，伸手凭空一抓，便见一道银光一闪，她的手里抓着了一套银灰色的太空服，她扭头对周勇说道："快去换上吧，要是光能聚魂瓶被雨水浸湿了，她的灵魂就会在瓶里融化。"

周勇吓得一惊："啊，那我赶紧去换！"便拿起衣服，往自己的更衣室走去。

第二十二章

Gliese 163c 行星的鱼人族与虫族

蓝草地前边高耸陡峭的银石崖下，是一条波涛汹涌的蓝河。

在蓝河中，有很多奇异的长长身子的外星生物在蓝河中快速地游动着。

这是 Gliese 163c 行星的一个生物种族。它们有点像半人半鱼，一头蓝色的长发，长手臂，在接近尾巴的地方长着一双粗短的脚爪，它们浑身光滑，没有鱼鳞。

它们也分雌雄两类，雄性鱼人身子粗大、巨长，身长四五米；而雌性鱼人则身子纤细、略短，而且有丰满的乳房，身长在三米左右。

雌性鱼人的隐秘处，长着一丛像蓝水草似的围裙，在河水中游动时，一荡一荡的，美丽极了。

平时，鱼人们既能攀爬高耸的石崖去大山上采野果吃，又能潜入水底寻找食物。

这时，只见一个有晶亮眼睛的蓝鱼人突然从蓝河中探出了头，它望着岸边高耸陡峭的银石崖，猛然发现了一个红色的亮光点在石崖上闪烁着，它露出了惊异的神情。

而后，它扭头对身旁的另一同伴说："快看，那是什么？"

同伴也抬头望了望岸边高耸陡峭的银石崖上的那个穹形状的红光，警惕地说道："会不会是希厄虫族又来入侵我们的领地了？"

"不太可能，在我们星球上是不允许谁用红色的！"

原来，在 Gliese 163c 行星上，美丽的红矮星是他们崇拜的女神，因此所有的星球人都不能使用与女神相同颜色的东西。

"也对，难道是外星人入侵了？"

"外星人，不太可能，我长这么大，还从未听说过有外星人呢！"

"谁说的，那些黑洞人就是外星人，听说它们每隔十年都会来一次，每次来都会抓走我们星球的同类。"

"那我们游过去看看吧！"

"别，千万别去！"

"为什么？我觉得那地方一定是因为有什么东西被女神诅咒了，才会有穹形的红光笼罩在那里。"

"那我们快走！离它远点！"那两个鱼人潜入了蓝河水中，匆匆地游走了。

而在"星辉号"隐形光能飞艇上，周勇与星辉公主启动了飞

161

艇的太空航控系统，准备起飞返航太阳系，与洪崖兽将军他们会合。

可奇怪的是，他们起飞了好几次，每次都是飞艇刚飞到几千米的高空，就被一股奇异的引力给吸拉了下来。

反复起飞几次之后，星辉公主一副垂头丧气的样子，气恼地说道："唉，怎么又不行呢？明明飞艇一切正常，怎么就飞不起来呢？"

周勇："先别着急，我们先探测一下这星球的地质岩层成分。"

星辉公主："如果我猜得没错的话，它的地心深处一定是磁铁石，所以形成了一个巨大磁场。令我们的光能飞艇无法飞离它的能量磁场。"

周勇："那好吧，我们赶紧探测！"

说着，他们便启动了飞艇的勘探系统，只见一根细长的光能探测器缓慢地伸探入了蓝草地的地下。

星辉公主在探测系统电脑前快速地推算着，很快结果便出来了，显示：Gliese 163c 行星深处为磁铁石。

星辉公主分析道："果真不出我所料，Gliese 163c 行星深处有大量的磁铁石，所以，这颗星球形成了一个巨大磁场，落在这个磁场中的一切外星飞船都无法飞出。"

周勇："怪不得，我们刚才飞了那么久，都没能飞出去！"

星辉公主也叹气道："唉，看来暂时无法离开这里了，我们不妨在这里先休息几天，然后再想办法离开。"

舷窗外的红矮星已渐渐退去，黑夜即将来临。

星辉公主与周勇各自忙碌了一会，就进入自己的舱间休息去了。

星辉公主想好好睡一觉，养足精神，再想办法怎样离开这里。

而周勇却在自己的休息室里，手里拿着叶兰的光能聚魂瓶，诉说着自己的相思之苦。

周勇："叶兰，想不到我还没来得及实现对你的承诺，就分开了……你知道吗？在你离开的这些日子里，我一直在憧憬着我们未来重逢的日子……到那时，我们就再也不分开了。叶兰，在里面要坚持撑住，我们一定会重逢的！另外，我有一个好消息要告诉你，在地球的未来时空区，已经有我们的儿子了，他的名字叫周乐乐，他是我们爱情的结晶。所以，你一定要等到我救出你的那一天！"

周勇眼里闪烁着激动的泪光，他把叶兰的光能聚魂瓶贴放在自己的胸前，接着倾诉道："叶兰，也许你一直不知道，在我眼里，你一直都是一个长不大的丫头……但是，自从我们穿越时空来到外星之后，我发现你有了正义与勇气，有了责任感，学会了履行自己的使命！但最让我心疼的是你那一颗正义、善良、宽厚、博爱的心，为了维护宇宙和平这个神圣的使命，让你不惜牺牲了自己……叶兰，放心吧，不管未来会有多么漫长，我都会一直等你……"

说到这里，周勇已是泪流满面……

他低头吻了吻光能聚魂瓶，迷迷糊糊地沉睡了过去。

在这个星球的西半球，有一片广阔的陆地丛林和一片低矮的怪石林，那里居住着 Gliese 163c 行星上的希厄虫族部落。它们是生物智能机器人，它们的身体既能用食物补充能量，也能用机油补充能量。

据说，希厄虫族部落的祖先并不是这个星球的原住民。

N 年前，它们的祖先在星际旅行的过程中不小心因飞船坠落而到了这个星球，但是，飞船修好后却怎么也没法离开这个星球，所以，只好寄居在这里了。

它们初来到这颗星球时，没有食物，便杀害了几名鱼人，鱼人族的身体正好能满足它们用食物补充能量的方式。

从此，鱼人族部落便与希厄虫族部落结下了仇恨，成了势不两立的仇敌。

鱼人族可以生活在水中与陆地，属于 Gliese 163c 行星的两栖动物。而希厄虫族部落却一直只能生活在陆地，随着希厄虫族部落的种族繁殖越来越多，它们便慢慢向东半球鱼人族部落的陆地领地入侵。因而，希厄虫族部落会时常故意挑起战争事端。

希厄虫族部落的战斗优势在于，它们不但有着钢铁结构的巨大身子，而且在它们的后背上顶着一个巨大的能量火球，能量火球燃烧着熊熊的焰火。

但每次决战时，它们的胜算并不大。

最终，它们明白永远也无法战胜鱼人族部落，是因为鱼人能喷吐出巨大的水柱来浇灭它们的能量火球。

只要两族撞到一起，就总会出现水火不容的架势。

更蹊跷的是：希厄虫族虽有钢铁羽翼，可以在这个星球上自由地飞翔，但是，每当它们想飞离这个星球时，却总有一股神奇的力量把它们从高空中拉扯下来。

其实，希厄虫族部落并不认为这个星球是它们的生存乐土，它们也很想离开这里，回到它们的祖先生存的星球去！

所以，它们也一直在寻找机会，希望有外星飞船降临这个星球，帮助它们离开这里。

一年前，有一艘黑洞飞船来到了这里。

当时，希厄虫族部落正与鱼人族部落决战。

那艘飞船只停留了片刻，抓了几个虫族人与几个鱼人飞走了。

从那以后，鱼人族沉浸在失去族人的悲伤中，希厄虫族人却一直在等候那艘飞船再次光临。

希厄虫族部落的族长吩咐希厄虫族人，一旦有外星人或外星飞船来到这个星球，一定要立刻向族长报告。

这天晚上，族长正在希厄虫族部落的大厅里闭目养神，补充能量。

一名虫族人急急地闯了进来，向它报告道："族长，族长，有喜事了！"

紧接着，另一名虫族人也闯了进来，惊慌失措地报告道："不好了，族长，大祸临头了！"

族长从能量充值座椅上坐了起来，好奇地问道："什么事这

么一惊一乍的？来，一个一个地说。"

那两个虫族人各自推让着："你先说！""不，还是你先说吧！""你先说！你……"

虫族长："好了，你们别推来推去的了，快说呀，有什么喜事？有什么大祸？"

先来的虫族人："等等，族长，您还没说谁先说，谁后说呢？"

族长指着先到的那个："嘟嘟虫，你先说有什么喜事？噜噜虫，然后你再说有什么祸事？"

嘟嘟虫："族长，您不是一直让我们关注外星飞船的事吗？我最近在鱼人族部落悄悄打探，竟然有意外收获！"

族长："有什么收获，快说！"

嘟嘟虫："我在鱼人族部落打探到了一个关于外星飞船的消息！"说着，嘟嘟虫凑到了族长的耳边嘀咕了一阵。

族长略一惊诧："嗯！"

接着，噜噜虫也凑到族长的耳边嘀咕了一阵，族长恍然大悟地说道："啊，绕了半天，原来，你们说的是同一件事呀！接着去打探，直到把那外星飞船与里面的外星人一起带回来为止。"族长厉声地吩咐道。

此时，在太阳系内金星附近的 0078 号黑洞飞船内，卡沙正在接收 PH1 行星上沙拉发来的信息。

沙拉："报告卡沙将军，今天有外星飞船前来偷袭，对方把叶兰的灵魂偷走了。"

卡沙一脸惊诧、恼怒地说道："啊，一定是星辉公主他们干的！那你怎么不去追踪？"

沙拉："不过，您不用担心，我利用暗能量追踪导弹打开了一扇虫洞之门，把他们送去 Gliese 163c 行星了。"

卡沙："啊，那你等于把他们关押在那里了。"

沙拉："是啊，那里才是一座真正的宇宙监狱，除了我们，谁也找不到离开那里的办法。"

卡沙："很好，沙拉，你总算越来越聪明了。"

沙拉："是将军教导有功，所以，我现在才能有长进。"

卡沙："继续努力，等时机成熟，你再去 Gliese 163c 行星把他们连人带光能飞艇一起抓回来！"

沙拉："遵命，将军！"

第二十三章

遭遇虫族追击

再说在 Gliese 163c 行星上的隐形的"星辉号"白矮星光能飞艇上，周勇与星辉公主都在沉睡、休眠着。

也不知道睡了多久，周勇被一阵"叮当、叮当"的声音给吵醒了。

周勇睁开眼睛一看，发现星辉公主手里拿着一个奇异的铃铛，正边走边摇地向他这头走来，嘴里还在嘀咕着什么。

周勇："咦，星辉公主她这是在干吗呀？难道……难道是梦游，白矮星人也会梦游？"

眼见着星辉公主就要走到他的太空床边了，他从床上一跃而起，闪到一边，可星辉公主却好像没发现他似的，从他面前绕了一下，又走了出去。

周勇："天哪，果真是梦游！"

周勇悄悄地跟了过去，见星辉公主又走入了自己的舱间睡觉去了。

再说在隐形的"星辉号"光能飞艇的外面，在前面不远处的一片深草丛中正爬行着三名虫族人。

它们小心地从深草丛中探出了头，望了望四周，见没有鱼人，便快速地朝前面的那穹形的红光处爬去。

它们围着那个穹形的红光，谨慎地看了好一阵，但没有发现穹形红光里面有什么异物。

也难怪，那艘"星辉号"光能飞艇，此时设置的是隐形的模式，所以，它们根本看不到。

领头的族长问嘟嘟虫："你看到的外星飞船呢？它在哪里？"

嘟嘟虫指着那穹形的红光说道："就是那个啊！"

族长："这哪是外星飞船啊，只是一道红光而已。"

嘟嘟虫："可是族长您说过，外星飞船有很多种啊，也许，那是一艘红光外星飞船呢。"

族长气恼地拍了一下嘟嘟虫的头，说道："飞船你个大头虫啊！随便看到一道怪光，就骗我说是外星飞船，你以为我是三岁虫娃呀！"

噜噜虫："族长，依我看，那道穹形的红光一定是一道预示凶兆的怪光。"

族长又气恼地扭头，拍了一下噜噜虫的后脑勺，骂道："凶

你个大头呆虫啊，随便看到一道红光，就说有灾难要降临了，你以为我是三岁小虫娃啊，哪那么容易上你们的当!"

嘟嘟虫："那族长，依您看，那是什么?"

族长想了想，说道："依我的经验，那不是凶光，也不是外星飞船，而是一艘隐形的外星飞船!"

嘟嘟虫："那还不是一样是飞船啊!"

族长："笨蛋，不是飞船，是隐形飞船!"

噜噜虫："既然是隐形飞船，我们要怎样才能上去呢?"

族长想了想说道："听我的虫爷爷说起过，只有等飞船现身时，才能上去。"

噜噜虫："那族长您的意思是，我们要守在这里，等飞船现身?"

族长："是的，你说得太对了，我们夺取飞船的唯一办法就是要等它们现身!"

嘟嘟虫："那谁在这里等呀?"

族长："当然……是你们了!"

嘟嘟虫、噜噜虫："啊! 要我们在这呆一整夜?!"

族长一脸恼怒："嗯? 难道你们不愿意?"

它们俯首答应道："是! 遵命，族长!"

第二天一大清早，周勇与星辉公主醒来便忙着检查飞艇的仪器是否正常。检查过后，星辉公主又不甘心地试飞了一次，这次也毫不例外，飞艇还是被那股神奇的力量拉了下来。

周勇在一旁劝说道："公主，别浪费能量了，我们的'星辉号'光能飞艇是没法正常飞出这里的，除非……"

星辉公主急切地问道："除非什么？你快说说看……"

周勇想了想，接着说道："除非我们找到虫洞，我们才能离开这里。"

星辉公主："可是虫洞是需要巨大的暗流能量才能开启的。"

周勇："暗流能量，我们是没有，但不知这颗星球上有没有?"

星辉公主："要不我们下去，试着在这星球上找找吧!"

周勇："现在看来，也只能用这办法试试了。"

说着，他们把飞艇的旋梯降落到地面的草地上。

接着，他们下了飞艇，往蓝色的深草地上走去。

他们只顾往前走，忘记把飞艇隐形了。

他们刚下飞艇，就被隐藏在蓝色的深草丛中的嘟嘟虫与噜噜虫发现了。

只听见它们"呜哇、呜哇"地欢叫着，似乎在发出某种信号。

没多久，前面近两米高的蓝色深草丛中爬出了一大群机器虫，它们拱动着巨大的身子，把"星辉号"光能飞艇团团包围住了。

这时，族长准备领头上飞艇。

听到身后传来"呜哇、呜哇"的怪叫声，周勇与星辉公主闻声扭回头一看，吓得惊诧地睁大了眼睛："天哪，巨型机器虫! 哇，

这么多!"

星辉公主变出飞艇的隐形遥控器,快速按下了"隐形"按钮。

"星辉号"光能飞艇便不见了踪影。

那些虫族人见外星飞艇不见了,急得直"哇哇"地怪叫起来。

突然,嘟嘟虫扭头发现了正在往前奔跑着的周勇与星辉公主。

嘟嘟虫:"族长快看,外星人在那边!"

族长:"快,过去抓住他们!谁先抓住他们,重重有奖赏!"

嘟嘟虫:"我要机油!"

噜噜虫:"我要吃了他们补充能量!"

族长:"好,谁抓住他们,我就赏给谁!"

那些虫族人拱动着巨大的机器虫身子,快速地跑向前面的斜坡草地追赶周勇与星辉公主。

眼见着后面的机器虫围攻了上来,正往山下奔跑的周勇与星辉公主准备隐形离去。

"啊,糟了!"直到这时,他们才惊诧地发现离开光能飞艇时,他们忘记带隐形分身棒了。

"快跑,别回头!"他们只好拼命地往前面的山下奔跑……

没多久,他们就跑到了山下草地边缘的蓝江边。

眼见着后面追来的机器虫族人离他们越来越近了……

星辉公主："啊，它们追来了！"

周勇："快，跳江，再不跳就来不及了！"

他们一齐飞身而起，纵身跳入了波涛汹涌的蓝江中。

他们的身子瞬间便被滚滚的江水淹没了。

族长带领虫族人追赶到江边，见此情景，气得直跺脚。

嘟嘟虫："族长，现在外星人跑了，飞船也没了，我们该怎么办？"

族长气恼地训骂道："你们这些愚蠢的家伙！我刚才有叫你们行动时出声吗？刚才你们只要悄悄潜上他们的飞船，就是我们的了！"族长边训边打着奇怪的手势。

噜噜虫："可是，族长，您平时不是常教育我们，遇到外星飞行物，要大声呼喊，让所有族人都能听到吗？"

族长："笨蛋！少废话，快点给我回去守着刚才飞船现身的那个地方！"

"是！遵命！"那些机器虫扭头，往刚才发现飞艇的地方跑去。

此时，周勇与星辉公主在蓝江中正艰辛地往前游着。

那江水冰冷冰冷的，冷得他们浑身直打哆嗦。

星辉公主："周勇，这水咋冰凉冰凉的！我快游不动了……"

"别担心，还有我呢！"周勇紧紧地跟在星辉公主的身后，用一只手托着她往前游着。

一个巨浪头打来，他们的嘴里都灌满了江水，周勇感觉那江

水酸酸的味道很怪。

又往前游了没多远，他们感觉江面上的浪头稍微平缓了一些。

"糟了，不知叶兰的光能聚魂瓶还在不？"周勇用右手在自己的胸前摸了摸，发现还在，心里踏实了很多。

他又拉着星辉公主拼命地往前游去。

星辉公主从来没有下过水，她感觉自己快被这冰冷的江水给冻僵了。

星辉公主："我快不行了，周勇！你别管我，你快游上岸去，钻入草丛中，爬去上面石崖顶上的草地，而后启动隐形飞艇，然后开过来救我！"

周勇："那不行，等我回来，你都被淹死了！"

星辉公主："可是，我们都被困在这江水中，也会被淹死的。"说着，她准备低头钻入江水中。

周勇托起了星辉公主的身子："你不要胡来！有一件事我弄不明白：为什么我们刚才在江边看到这条蓝江并没有多宽，可我们一下水，却发现这蓝江竟然像大海一样无边无际！"

星辉公主："如果……我猜得没错的话，这条蓝江一定是条幻景之江，我们跳下来就死定了！"

周勇："幻景之江，是什么意思？"

星辉公主："这 Gliese 163c 行星的直径是地球的 2.4 倍，那么，我们刚才所看到的蓝江，同样也是地球上所看到的同样大江的 2.4 倍宽，而刚才，我们在岸上所看到的不太宽的大江，只是它的幻景罢了！"

周勇也被吓倒了："啊，原来有那么宽！那我们岂不是游不出去了！"

星辉公主冻得嘴唇发黑地哆嗦着鼓励周勇道："别……别灰心，努力坚持！"

可是，他们感觉越往前游，那江水却越冰冷，他们感觉自己的身子也越来越冰冷，冷得骨头都酥麻、酸疼起来了！

再后来，他们竟然被冻得慢慢失去知觉了。

周勇："糟糕，我的身子正在被慢慢冻僵。"

星辉公主："我的也一样，看来，我们真撑不下去了。"

最后，他们感觉自己被冻得僵直的身子在冰冷的江水中正无助地慢慢下沉……

冰冷的死亡气息似乎正在向他们逼近……

第二十四章

奇异的鱼人族

也不知过了多久，他们模糊地感觉到有一股暖流向他们涌来。

而后，他们感觉自己的身子似乎被什么温热的东西给拖拉着又游回到了水面，并平稳地往前游去、游去……

当周勇再一次醒来时，却发现自己与星辉公主并排躺在一片蓝色丛林深处的蓝色浅草地上。

在他们身前的不远处，一堆温暖的蓝色火苗正熊熊地燃烧着。

"奇怪，是谁救了我们呀？"周勇正诧异地想道，并朝四处张望。

见左边的不远处有一个鱼族人，这个鱼人腰间围着一条蓝草裙，正忙前忙后地捡拾着干蓝树枝，在烧火为他们烤火。

而此时躺在地上的周勇只能看到那个鱼人的背影，只见它有一头长长的蓝色秀发，如瀑布似的披在它身后，那秀发虽有些怪异，但飘逸得很美。

当它转过身来时，周勇发现，那是一位美丽的鱼人族少女。

周勇启动了异星语言翻译耳机，戴上后，便能听懂这鱼人的语言，而他说的话，也被耳机翻译成鱼人族的语言。

周勇与那少女打招呼道："谢谢你救了我们。"

鱼人族少女同他微笑了一下，而后说道："我刚才在江中游过，偶然看到快沉下去的你们，便救下了你们。救人是我们鱼人族的本分，就算是别人路过看到你们落水，也一样会救你们的。"

少女望了望旁边草地上躺着的星辉公主，说道："都那么久了，你的同伴也该醒来了！"

周勇吃力地从草地上爬了起来，走向了星辉公主。

他吃力地扶起星辉公主，并把她的身子移到蓝色火堆旁。

而后，他也躺倒在一旁烤火。

烤了一阵火后，星辉公主睁开眼睛醒了过来。

她惊诧地望了望四周，见周勇守在她的身旁，问道："周勇，我们这是到了哪里？"

周勇用白矮星语回复她道："我们在蓝江边的蓝树丛林中。是蓝江中的鱼人救起了我们。"

星辉公主："哦，原来是这样，看来我们暂时脱险了。"

周勇："是的。"

这时，一位鱼人族老者从他们身后的不远处急匆匆地走了过来。

鱼人族老者恶狠狠地训斥少女道："蓝鱼儿，谁叫你救这些外星人的？什么，还有雄性外星人？"

"蓝鱼儿，你怎么能让雄性外星人看到你呢?"说着，鱼人族老者捡起地上的一根蓝树枝去追打蓝鱼儿。

周勇走过去挡在蓝鱼儿的跟前，恳求道："请您不要打我们的恩人，您要打就打我吧，我甘愿替她挨打。"

星辉公主也在一旁解释道："您放心，我们不是坏人，我们是正义善良的星际战士。你们救了我们，我们会知恩图报的。"

老鱼人扭过头来，没好气地说道："我们不需要你们的什么知恩图报，你们不要加害鱼人族，我们就万分感谢了!"

周勇与星辉公主相互搀扶着，跟跟跄跄地准备离开那里!

"等一等!"那少女追了过来，递给他们一把锋利的尖刀，打着手势说道："留着这个，可砍树造筏。"

那少女从身后的一个挂包中取出了两个蓝色的长条形的盒子递给了他们："给你们这个，危险的时刻才能使用，现在不要打开!"

说着，她扭头跟着老鱼人快速地爬走了。

周勇与星辉公主沿着蓝色山林中的一条林间小道往前走。

走着走着，没多久就到了蓝江边了。

周勇："我们砍些蓝树，编扎一条木筏吧!"

星辉公主："好!"

他们正欣喜地准备砍树编一条木筏，却见从四周的丛林中突然蹿出了一大群鱼族人。

只见那些鱼人每人的手里高举着一把银光闪闪的尖刀，嘴里直"哇哇嗬嗬"地怪叫着。

"喂，你们想要干什么？别过来，再过来，我可就不客气了!"周勇也举起了手中的尖刀，用鱼人族语言厉声制止道。

他挡在星辉公主的身前随时准备应战。

这时，他们发现蓝鱼儿被一根蓝色的树藤反绑着，被推拽到了周勇的面前。

周勇不解地问道："你们为什么要绑我们的恩人？"

老鱼人气愤地说道："就是因为她救了你，破坏了我们鱼人族的族规!"

周勇："那你们想怎么样？"

老鱼人眼里闪烁着愤怒的蓝光："你必须娶她为妻，并且在我们这里定居下来。"

周勇："我又不是你们这里的鱼人，你们凭什么强留我？"

老鱼人："我们不强留你在这长住，只要你与她有了鱼娃后，你便可以走了。"

周勇："可是，我已经结婚了，在我们的家族结过婚的男人是不可以再娶别的女人的。"

老鱼人："可是，你的妻子呢？"

"这……"周勇急得东张西望，一副不知所措的神情。

这时，星辉公主走向前来，一把夺过周勇手里那把锋利的尖刀放在自己的脖子处，厉声地说道："我就是他的妻子，如果他娶别的女人，我就一刀了结自己！"

说着，她用那锋利的尖刀准备划向自己的脖子处。

"慢着！我的女儿，可不能嫁给一个有妻子的外星人。"老鱼人厉声地制止了她，一把从她的手中夺过了那把刀，远远地扔了出去。

继而，老鱼人解开了绑住蓝鱼儿的蓝藤条，拉着她扭头爬走了。

那些鱼人也跟着爬走了。

蓝鱼儿往前爬了几步后回过头来朝周勇与星辉公主打了一个古怪的手势。

可他们都没有弄懂她在暗示什么。

周勇与星辉公主见鱼人族走远了，便跑回树丛中找到了刚才的那把刀，准备砍树造筏。

其实，他们如果用光能术砍树会很快，但他们怕身份泄露，所以，只好用蓝鱼儿给他们的刀砍。

周勇边砍边对星辉公主说道："谢谢你，刚才替我解围。"

星辉公主："你与叶兰都是我的救命恩人，我替你解围，也是应该的。"

周勇："真没想到，这鱼人族的风俗会这么古怪。"

星辉公主微笑着说道："每个星球，每个种族，都有不同的风俗，这很正常。它们这里有好人，也有坏人。"

周勇："不过我相信，那位鱼人族少女救我们是出于一番好意。"

星辉公主笑了："那可难料哦！呵呵，难道你爱上她了？"

周勇："哪会呀，我只是心存感激而已，我的心里只有叶兰，谁也容不下。"

星辉公主坦诚地微笑着说道："真替叶兰感到高兴。"

他们边说边砍，很快便砍了一大堆蓝树。

他们用丛林深处柔韧的蓝藤条把木头捆绑了起来。很快，他们扎成了一艘蓝木筏。

这时，天空中的红矮星已经落山了，天也快黑了。

星辉公主："总算完成了！"

周勇："大功告成，我们快上船吧！"

这时，他们听到了一阵"簌簌"的声音，正诧异是什么东西朝他们这边走来，却模糊地看到了一个鱼人朝他们这边爬来。

周勇握紧了手里的尖刀，并厉声地问道："什么人？"

只听见一个熟悉的少女的声音："是我，蓝鱼儿。"

周勇迎上前去："你不是与你父亲回蓝江中了吗，怎么又回来了？"

蓝鱼儿："我担心你们的安危，所以给你们送些东西过来了。"

说着，她递给了他们一人一个火把："今天晚上，你们不要开船下水，晚上在我们蓝江上行船会很危险的。"

星辉公主好奇地问道："为什么呀?"

蓝鱼儿："很多年前，有一艘外星飞船停在我们的蓝江上，抓走了很多的鱼人。这让我们的族人很悲伤、愤怒，自那以后，我们的族长下了一道命令，晚上不管在蓝江上看到船，还是别的什么外星飞船，都要全力袭击，直到沉落!"

星辉公主余惊未了："啊!"

周勇却庆幸地说道："好险……幸亏你来得及时，我们正准备开船呢。"

星辉公主又好奇地问道："那些偷袭你们的外星人是哪个星系的，什么种族?"

蓝鱼儿："它们浑身乌黑，还可以变成怪兽……听我们族长说，它们好像来自于黑洞世界。"

周勇："哦，原来是黑洞怪兽人!"

第二十五章／
同床异梦

星辉公主用白矮星心语惊呼："啊，那就糟了，我们来这里，估计也是它们的阴谋。"

周勇用白矮星心语答道："看来，我们得加倍小心了。"

蓝鱼儿把手里的东西递给周勇与星辉公主后说道："我这里有两个火把和一顶帐篷，你们先凑合着用一晚。"

星辉公主诧异地问道："你们是鱼人，怎么有帐篷呢?"

蓝鱼儿："我们在陆地与水中都有家，是两栖族。在陆地上居住时，有很多的蚊虫，所以得用帐篷。"

周勇："可是，你给我们一个帐篷也不够啊，我们需要两个。"

蓝鱼儿："难道你们不是……嘿嘿，其实我早就看出来了。"

星辉公主："既然你看出来了，那就请送给我们两个帐篷吧，谢谢你!"

蓝鱼儿："这可不行，我父亲说了，只准拿一个过来，还说这样能试探出你们是不是一对，如果不是，还叫我嫁给他。"

星辉公主一脸惊诧地："啊?!"

周勇："不会吧，你父亲还记着这事！"

蓝鱼儿："可是，我并不喜欢你啊，我早有心上人了，它可是我们鱼人族最威猛、帅气的鱼人男子。"

星辉公主在一旁感谢道："还真是难为你了，蓝鱼儿，谢谢你为我们解围！"

蓝鱼儿羞涩地笑了："不用谢啊，帮你们解围，其实也是帮我自己解围呀，我可不想嫁给一个不认识的外星人！嘿嘿……"

蓝鱼儿说着准备走了，她帮他们点燃了火把，并再三交代道："你们今晚可以用火把在帐篷的前面燃起一堆大火取暖。如果有异常危险情况就打开我送给你们的那两个蓝色的长盒子，拿出里面的东西在帐篷里摇晃几下，这山野里的各种生物便不会来攻击你们了。我先走了，明早你们启程时，我再过来送你们一程。"

说着，她转身爬入了高大茂盛的蓝树丛林深处。

周勇："看来，我们的运气还真不错。"

星辉公主："现在说运气好还为时过早！"

周勇："你的意思是，今晚说不定还会有危险情况?!"

星辉公主："不知道，别多想了，到时就知道具体情况了。"

周勇："我们就按蓝鱼儿说的去办吧！"

说着，他们去捡来蓝树枝，利用火把在前面的空地上燃起了一堆大火。

而后，他们又去撑起了那个帐篷，那个帐篷不是很大，在周勇看来，也就八个平方米左右。

夜很静，他们忙碌了一天，感觉疲惫极了，躺倒在帐篷中。

周勇躺在帐篷靠外的位置，他把叶兰的光能聚魂瓶放在胸口前，迷迷糊糊地睡着了。

出乎意料的是，他竟然在梦里见到了叶兰……

还是在黑洞城堡的怪兽森林里的情景，他见叶兰轻柔地向他走来。

他迎上前去，张开双臂去拥抱她。

叶兰却一脸惊颤地制止道："别，你别过来，这里很危险！你快离开这里！"

周勇："叶兰，你怎么啦？"

梦境一闪，他又梦见叶兰扑倒在他的怀里，伤心地哭泣着："这里好冷，周勇，你快来救我，带我回地球！"

周勇用力拥抱她，可怀里却什么也没有，他急得大声哭叫："叶兰，你在哪里？快回来！"

这时，他发现空中飘浮着一个模糊的叶兰身影，像薄薄的纱雾似的。

她边飘浮边对他说道："周勇，你一定要小心，不要被幻景迷幻了……"

周勇："叶兰，不，我要你下来，快下来！"

周勇一急，从梦中惊醒了过来。

这时，周勇听到耳边传来了熟悉的"叮当、叮当"的声音。他睁开眼睛一看，发现星辉公主手里又拿着一个铃铛朝他走来。

周勇："啊，糟了，星辉公主又梦游了！"

他爬了起来，悄悄地绕走到她的身后，跟着她。

星辉公主还是边走边摇着手里的那个奇异的铃铛。

周勇猜测，那个铃铛对她一定有着特殊的意义，要不然她也不会一直带在身边。

眼见着她就要走到帐篷的出口处了，他跟过去拉了一下星辉公主的后背的衣服。

哪知她一惊，竟突然回过头来，紧紧地拥抱住了他。

星辉公主："小山子，你别离开我了……你回来，你别离开我！"

周勇一惊，心想："糟了，还说梦话了，看来得赶紧叫醒她了！"

他拍了拍她，用白矮星的心语叫唤道："喂，星辉公主，快醒醒，快醒醒！"

星辉公主惊醒了过来："啊，怎么了？"

周勇："你刚才梦见什么了？一直在叫一个人的名字。"

星辉公主："没啥，只是梦见一个地球的朋友罢了。"

周勇："他是你的男朋友？"

星辉公主："是……或者不是吧！"

周勇："你们为什么没在一起？"

星辉公主："这是很多年前的事了，那时，我还很小。我记得有一次，我与父王闹矛盾，一气之下便穿越时空，去了异星界散心。我的飞船穿越时空，飞到了地球的一片大森林中。有一天，我正无聊地在森林中玩。丛林深处突然走出一位很可爱的长着一对龙兽角的小男孩。我们认识了，每天在一起，玩得很开

186

心。那天临走时，他送给了我一个很可爱的铃铛，说只要我感到
寂寞，便可以摇响这个铃铛，他便会来陪我玩。就这样，我在地
球上的那片森林中住了几年，记得当时，他每天都会在下午过来
陪我玩。我告诉他我是外星人，可是他却一点都不害怕，也不嫌
弃我。我们像地球人一样，在一起玩得很开心。他很会画画，还
会木雕。他雕的飞鸟、龙，栩栩如生，漂亮极了！"

星辉公主说着变戏法似的从身上掏出了一条木雕的金龙给周
勇看。

"那些日子，我们一起摘森林中大树上的野果子，一起在丛
林深处捉迷藏。不知不觉几年就过去了，他长成了一个十六岁的
英俊的小伙子，我也长高了很多。记得有一天，我又在丛林中等
他……可哪知，那天他来得很迟，而且背上背着一个大包，他说
他要走了，他要去一座深山中学茶艺。我当时问他还会不会回来
看我，他说等他学好茶艺后就会回来看我。可是后来，我等了他
很久他都没回来。我便驾驶飞船，离开地球回白矮星了。"

周勇："于是给你留下了一个梦游的病根，是吧？"

星辉公主一脸幸福而又羞涩地说道："是的，让你见笑了。"

周勇却笑了："唉，看来，心病还需心药医呀！"

星辉公主："别开玩笑了，我同他不在同一个星球，我肯定
再也见不着他了。"

周勇："那也不见得，或许还有希望呢。"

星辉公主："你的意思是……"

周勇："你这话让我想起了，我与叶兰在 Kepler－22b 行星上
拜访的一位来自地球的星际旅行者。那位地球人与你说的地球人

187

一样，长着两个龙角……也会画画，会雕刻。"

星辉公主欣喜若狂："啊，是吗?！那你下次一定要陪我去拜访他！"

周勇："等等，我的话还没有说完呢！"

"只可惜，我们去拜访时，已经太迟了，他已老死在 Kepler-22b 行星了。"

星辉公主："什么？啊……他……已经死了?！"说着，她感觉自己的鼻子酸酸的，竟伤心地哭了。

周勇在一旁安慰她："好了，别难过了，还不知他是不是你的朋友呢？"

星辉公主："听你说的情况，我预感一定是他……他有没有留下画像之类的？"

周勇："有，还有他的雕塑……这样，等我们离开这里后，我带你去 Kepler-22b 行星上的那个山洞去看他的雕塑，如果是的话，你一定一眼便能认出来。"

星辉公主欣喜地说道："嗯，好……我真希望能快点离开这里，我好想去探望他！"

周勇心底很受感动："看来，星辉公主等那位山子先生也等了几百年了。想不到，她还是一位感情专一的外星公主。"

这时，他们听到帐篷的外面传来了一阵"簌簌"的声响。

他们凑到帐篷边，往外一望，吓得大气都不敢出了。

透过帐篷，可模糊地看到一些高大、凶悍的奇异怪兽正从四周朝他们的帐篷围了过来。

第二十六章

随机应变度险关

　　周勇："糟了，果真，这片丛林中的外星猛兽还真不少！"

　　星辉公主："哇，这么多呀！啊，它们过来了，我几乎能感觉到它们的呼吸了！"

　　周勇："赶紧把蓝鱼儿送给我们的那两个盒子打开！"

　　他们去拿盒子匆忙地打开。

　　可是，那盒子盖得有点紧，他们无法打开。

　　星辉公主："糟了，打不开！"

　　周勇急躁地说道："唉，早知这样，我们就该让蓝鱼儿帮我们打开盒子再走了。"

　　星辉公主："冷静点，别急，一定能打开的！"

　　周勇："可是，你看，它们都快到我们的帐篷跟前了！"

　　星辉公主急得大叫道："我——用——力——打——开——"

眼见着那些排在最前面的，长着蛇头、利爪、宽大羽翼的蓝光蛇翼兽，就要从四周扑咬向他们的帐篷。

他们的帐篷不停地摇晃着……

在这千钧一发的危险时刻，随着"呼！"的一声，周勇与星辉公主使尽全身力气，打开了各自手中的盒子。

只见里面装着一根奇异的鱼人状的蓝色闪光棒。

他们从盒子中拿起那根闪光棒！

手颤抖着，朝外面的蓝光怪兽摇晃了几下。

那些蓝光蛇翼兽与其他的凶悍怪兽像接收到了某种命令似的退后而去。

"它们总算走了！"他们长长地舒了一口气，余惊未了地直抹着额头上的汗水。

"唉，热死了！是啊，我也感觉挺热的！"他们热得直用衣袖扇着风。

他们正躺下来准备好好休息一下。

这时，他们的耳边又传来了一阵"簌簌"的声音。

他们以为那些怪兽又围攻过来了，吓得直惊恐地嘀咕道："啊！不会是它们又来了吧？"

他们又抬起头来警惕地往帐篷外张望。

他们却惊诧地发现，老鱼人带领一队鱼人族的族民前来巡夜了。

周勇："糟了，他们一定是来查看我们是不是真正的夫妻！"

星辉公主也慌神了："啊……那怎么办呀？"

周勇："快躺下！我们得装作是'夫妻'啊，要不那鱼老头一定要我娶蓝鱼儿了!"

星辉公主:"哦!"她躺下,生硬地朝周勇张开了双臂,并把头朝周勇靠近了一点。

周勇:"不对呀,应该是我抱你才对呀!"

星辉公主:"哦,那好吧!"说着,她干脆一头钻到了周勇的怀里,紧紧地抱住了他的腰。

周勇低下头来,闭上眼睛,装作睡着了的样子。

并在星辉公主的耳边轻声说道:"闭上眼睛,假装睡着了!"

星辉公主听话地闭上了眼睛。

果真,没多久,老鱼人与几位鱼人族巡逻员便打着火把,凑近了他们的帐篷,往里张望。

见周勇与星辉公主紧紧地抱着睡在一起,老鱼人肯定地说道:"原来,真是一对雌雄外星人。"

鱼人族巡逻队员甲:"哟,外星人的睡态可真肉麻!"

队员乙:"什么肉麻呀,这叫恩爱,你懂吗?"

"呵呵呵,原来你与你家雌鱼人也是这么睡的呀?"

老鱼人:"别胡闹了,我们该去巡逻别处了!"

说着,它们便打着火把离开了这里,往别处走去了。

"它们走了!太好了,总算解放啦!"星辉公主与周勇舒了一口气。

见鱼人族走远了,他们赶紧分开睡。

周勇:"我估计,他们不会再来了,安心睡吧,公主。"

星辉公主:"今晚被它们给折腾得,唉,好好睡会,天都快亮了!"

说着，他们便背对背地各睡一边，安心地睡着了。

天亮的时候，他们起床刚收了帐篷，蓝鱼儿便过来了。

蓝鱼儿："我来送你们过河了。"

周勇："太好了！我们正准备去河边开船了。"

星辉公主："谢谢你，蓝鱼儿！以后如果我们有机会去黑洞中，一定帮你们打探被抓的族人的消息。"

蓝鱼儿："那太好了，待会我回去就告诉我们的族长——我的父亲！"

她这话让周勇与星辉公主都很惊诧："什么，那老鱼人是族长？啊，原来你是族长的女儿！"

蓝鱼儿发现自己说漏了嘴，不好意思地笑了："抱歉，我一直不敢告诉你们，是怕你们对我怀有敌意……因为我想与你们做朋友。"

星辉公主走过去，亲切友好地拍了拍她的肩膀，说道："这些我们都知道，你是一位友善、美丽的鱼人族公主。"

蓝鱼儿欣喜地笑了："那好吧，我们现在去开船。"

说着，他们三人一起上了蓝木筏船。

周勇正准备用木桨划船，蓝鱼儿说："不用了，我来为你们驾船。"

说着，她站在船尾，把长长的尾巴伸入了水中。

只见她的尾巴刚一伸入水中，便变成了一个巨大的鱼尾。

那个大尾巴快速地在木筏后的水中摇摆着，蓝木筏船快速地往前行进而去。

蓝鱼儿把蓝木筏船驾驶到了一个僻静的港湾处，对他们说道："到了，从这里上岸后，你们便可以看到一个洞口！你们只要从洞口进去，便可以直接到你们之前停飞艇的那片蓝草地了。"

周勇不解地问道："这条洞道是新开的，还是以前的?"

蓝鱼儿："是旧洞道，你们停飞艇的那片蓝草地，可以看到红矮星日出与日落的绝色美景……小时候，我喜欢与同伴们一起去那片草地上看日出、日落和玩游戏。可我父亲担心我们会被虫族人抓走，便在那片草地的底下挖掘了一条直通这边村庄的洞道。"

周勇恍然大悟地说道："哦，原来是这样！那太好了!"

星辉公主也朝蓝鱼儿打招呼道："谢谢你，蓝鱼儿，那我们先走了!"

蓝鱼儿："好的，你们可以把飞艇开到我们的部落丛林中，我会向父亲禀明一切，到时它会想办法帮助你们!"

周勇："好的，谢谢你，蓝鱼儿，那我们回头再见!"

说着，他们上了岸，往山坡上的那个山洞走去。

周勇与星辉公主能否避过虫族的严密监视，驾回他们的太空飞艇，这就要考验他们的能力了。

第二十七章
机智夺飞艇

　　星辉公主与周勇一前一后地走进了那个山洞。

　　可让他们感到意外的是，那山洞里面竟然有水。

　　星辉公主："啊，洞道中有水呀！"

　　周勇在一旁说道："你先别下水，我先下去试探一下水有多深？"

　　说着，周勇变形成了身着太空服的光能超人，走入了水中试探着往前走了好一段，发现水只淹到膝盖。

　　他庆幸地说道："还好，这是一条浅水洞道。"

　　此刻周勇的心里有些后悔，刚才没问蓝鱼儿，这条洞道里面有没有阴河、漩涡之类。

　　星辉公主想了想，说道："也难怪，它们鱼人族是两栖动物，这洞中会有水不足为奇。"

周勇："可是，这洞道看不到路面，要是有深坑就麻烦了！"

星辉公主："以蓝鱼儿善良的个性，如果这洞道中有深坑，她一定会告诉我们的！"

周勇："那我们就放心地往前走吧！"说着，他踏着洞道中的浅水，大步往前走去。

星辉公主在后面叫道："等等，周勇，这洞道好滑，我担心自己会摔跤，你过来扶我一把吧！"

周勇有些不耐烦："那好吧！"便回过头去接她。

他们手牵着手往洞道深处走了几百米后，便来到了一扇敞开的石门处。

"咦，这石门内的洞道怎么又没水了？"周勇往石门里边一望，发现那石洞内的地势稍高，里面是干燥的。

星辉公主迫不及待地说道："没水更好呀，我们快往里走。"他们走了过去。

周勇："总算从水里解放出来了！"

星辉公主却冷冷地说道："你别高兴得太早，还不知前面的洞道会咋样呢？"

周勇："那我们赶紧往前走！"

果真，他们沿着那条洞道往前走了没多远，便见前面的洞道中又有水了。

星辉公主惊诧地说道："啊，这洞道中的水，看起来比刚才那边的要深很多。"

周勇："你先别下去，我先下去试试，水到底有多深？"

周勇说着试探着走了下去。

这才发现，这边洞道中的水深得快淹到他的腰部了。

星辉公主庆幸地说道："还是不算太深，你过来接我吧，我们一起往前走。"

他们蹒跚地往前走了很长的一段距离，来到一条向上延伸的蓝色石阶洞道前。

周勇："看来从这上去就能走到上面的出口了，咱们快上台阶吧！"

他们走上了台阶，果真，沿着石阶往上走了一段，便来到了上面的一间四方形的，大概有三十平方米的天蓝色小石室中，石室内摆放着几个深蓝色的石凳。

周勇关切地问道："星辉公主，走累了吧？要不我们在这休息一下再上去。"

星辉公主一脸余惊未了地说道："唉，其实刚才，走得我直心惊胆战的！"

周勇："为什么？"

星辉公主："我从小最怕下水了，刚才走水道，我感觉那水冰冷冰冷的，另外，我总担心从蓝色的水中会忽地跳出一个什么水怪来。在我们白矮星上，是很少有水的，我们只需光能量便能生活。"

她这话倒是把周勇给逗笑了："呵呵，那你早说呀，如果你不想走水道，我可以背你走啊！"

星辉公主："哪能老麻烦你呀，面对困境，我们应该共同面对！"

周勇："那我们先休息一下再上去吧！"

星辉公主："也好，我们在这商量一下待会的行动方案。"

说着，他们便坐在蓝色的石凳上，商量了起来……

好一会后，他们商量完毕便沿着石阶往上走去。

他们走到最上面那间十平方米左右的石室时，施展光能变身术变成了两丛茂盛的蓝草，沿着石阶往上走去……

而此时，在上面不远处的蓝草地上，有一群虫族兵正站在蓝草地上看日出。

这时，它们身后的那片蓝草地皮突然被打开了。

两丛蓝草从里面慢慢地冒窜了出来，并移出了洞口。

而后，那洞口处又合上了。

那两丛蓝草慢慢地往前移动着，没有引起那些虫族兵的注意，它们依然全神贯注地观看着红矮星的日出。

嘟嘟虫："哇，红矮星的日出太美啦！"

噜噜虫："很久没看到这么美的日出了，说起来，我们还真要感谢那两个外星人哦！"

嘟嘟虫："干吗要感谢他们，他们可是我们的敌人！"

噜噜虫："要是没有他们，族长会允许我们来这里吗？笨虫！"

嘟嘟虫："你才是笨虫，我可是智慧虫！"

噜噜虫："你是笨虫！"

嘟嘟虫："好啊?! 我是队长，你竟然敢骂我，看我不打你！"

说着，嘟嘟虫跑过去把噜噜虫一脚踢倒在地，它们在草地上滚打了起来。

而在它们的身后不远处，是停着隐形的"星辉号"光能飞艇的地方。

就在飞艇降落到地面的那一瞬间，飞艇突然现形而出。

那两丛蓝草变回成了身着太空服的周勇与星辉公主。

他们正准备踏上飞艇的旋梯，一名虫族兵发现了他们："队长快看，外星人出现了!"

嘟嘟虫："快追外星人!"

话刚落音，那些虫族兵便包围了过去。

可是，就在那么一眨眼的工夫，周勇与星辉公主成功登上了"星辉号"光能飞艇。

飞艇瞬间又隐形了!

嘟嘟虫："啊，飞船怎么不见了?"

噜噜虫："糟糕，难道它们会隐形术?"

虫族兵一个个抬起头来，四处寻找着。

突然，头顶上传来了一阵"轰隆隆"的巨响，它们应声抬起头来一望，发现刚才看到的那艘飞船正在它们的头顶上空盘旋着。

噜噜虫："啊，外星人的飞船飞走了!"

嘟嘟虫："快把它追回来!"

就在这一刹那，上空中的那艘飞船忽地在它们的眼前消失了。

噜噜虫："糟了，飞船又消失不见了!"

嘟嘟虫走向前去，气恼地推了噜噜虫一把，说道："就怪你，刚才与我吵架，要不，我们就能拦截住那飞船了!"

"还说呢，是你先打我的!"噜噜虫说着转身就跑了，"我去禀报族长，就是因为你与我打架才让他们有机可乘逃跑了!"

嘟嘟虫："你给我站住！"说着，它猛追上了噜噜虫，它们又在草地上打起了架来。

再说星辉公主与周勇，他们把隐形飞艇开到空中后，试着向太空中发射式飞行了几次，都无法飞过 Gliese 163c 行星的大气层。

周勇："看来，我们还是别徒劳了。我们越往上飞，那股奇异的力量越把我们往地面拉。"

星辉公主："那我们飞去鱼人族部落吧，请鱼人族长帮忙想想办法！"

周勇点了点头，无可奈何地说道："看来，也只能这样了。有蓝鱼儿帮我们说好话，鱼人族长应该会肯帮我们的。"

说着，他们便驾驶着飞艇调转了方向，往鱼人族部落飞去。

很快，"白矮星号"超速飞艇就飞到了鱼人族部落的上空。

他们把飞艇隐形降落了下去。

第二十八章
鱼人族部落历险记

隐形飞艇降落在鱼人族部落山上的蓝树丛林中的浅蓝草地上。

他们下了飞艇准备去找蓝鱼儿。

这时，丛林中传来一阵激烈的打斗声。

他们往那边跑去，发现在丛林深处有两个虫族人正与一名鱼人族少女搏斗。

只见那两个虫族人正用钳子左右夹攻地攻击向鱼人族少女。

那少女躲闪不及，左手被虫族人的钳子夹破了。

周勇与星辉公主飞身向前，各自抽出了一把光能剑，一左一右地挥砍向了那两个虫族人。

那两名虫族人飞身一躲闪，而后，便张牙舞爪地攻击他们。

身着太空服的周勇与星辉公主挥舞着手中的光能剑迎战。

可奇怪的是，光能剑砍在那有着钢铁之身的虫族人的身上只冒出一些小火花，并不能伤害到它们什么。

反倒是那些身子巨大的虫族人在他们面前显得更有战斗优势。

那两个虫族人挥舞着钢钳锯齿手，一步步地朝周勇与星辉公主逼近。

见此险境，星辉公主变出了两把超大口径的光能枪。

她扔了一把给一旁不远处的周勇，并用白矮星心语火速交代道："周勇，快接住 M5 能量枪，攻击它们！"

说着，周勇与星辉公主飞向了空中，朝下面的那两个虫族人发射了 M5 能量弹，只听"簌簌"的几枪过后，便把那两个虫族人击倒在地了。

周勇与星辉公主从上空中飞跃而下，急奔向受伤的鱼人族少女。

周勇上前扶起她，星辉公主撩开搁在她脸上的超长秀发时，竟惊诧地发现那受伤的少女是蓝鱼儿。

周勇："怎么会是你？"

蓝鱼儿："我的预感告诉我，你们会来找我，于是我便来这里等你们。哪知却半路遇上了可恶的虫族人。"

周勇："那我们先送你回去吧！"

星辉公主从一旁的树枝上摘下了一片宽蓝叶，给蓝鱼儿包扎手臂上的伤口。

蓝鱼儿担忧地问道："你们的飞艇找到了吗？"

周勇："不用担心，我们已把它驾驶过来了。"

这时，他们发现蓝鱼儿的手臂上的伤口流了很多蓝色的血。

蓝鱼儿头一歪，晕了过去。

周勇与星辉公主抬起她，往蓝江边走去。

因为他们知道，要想救蓝鱼儿还得靠她的父亲与族人。

可是，他们才往前没走多远，便见鱼人族老族长——蓝鱼儿的父亲带着一队鱼人族兵往这里走来。

当他见到星辉公主与周勇抬着一个受伤的鱼人时，厉声地问道："怎么又是你们？你们又来捣乱了？"

周勇："族长，您的女儿受伤了。"

鱼人族长："啊！我的蓝鱼儿受伤了，快说，是不是被你们所伤？好啊，你们这两个家伙，竟来绑架我的女儿了，快说，有什么阴谋与企图？"

周勇："不，您的女儿在与虫族人决战时身受重伤。请赶紧带她回去医治！"

星辉公主却在一旁气恼地说道："你这老头，怎么那么不讲道理？你的女儿确实是在与虫族人决战时受伤的，我们偶然路过救下了她！"

鱼人族长："我不与你们争执，等蓝鱼儿醒了，我就能知晓真相了！来人，把他们给我绑起来，关入监狱！"

说着，几个鱼人族男子手握长矛状利器走了过来，用手里的蓝色藤条把周勇与星辉公主绑了起来。

周勇："喂，你们干吗要绑我们？是我们救了蓝鱼儿啊！"

星辉公主："别争了，等蓝鱼儿醒了，自然就知道真相了！"

而后，那些鱼人又在他们的头上各蒙上了一片乌黑柔软的树叶，把他们的眼睛蒙了起来，推搡着他们往前面的丛林走去。

周勇与星辉公主边走边用白矮星的心语交谈。

周勇："这是要带我们去哪呀？"

星辉公主："当然是监狱了！你害怕了吗？"

周勇："干吗要害怕呀，我们又没做坏事！况且，就如你所说，在蓝鱼儿醒来之前，鱼族长是不敢伤害我们的！"

星辉公主："嗯，但愿吧！"

没过多久，他们感觉有两名鱼人各用一根藤条牵着他们往前面的丛林深处走去。

他们只感觉眼前一片漆黑，也不知走了多久。

而后，他们感觉自己被推入了"监狱"。

趁那些鱼人族兵走远了，他们便凑到一起，相互用嘴咬破了对方脸上蒙着的树叶。

他们这才发现，他们被关在了一间严实的由蓝树藤条编织而成的"监狱"内。

周勇："啊，这是什么地方？我们要不要逃出去啊？"

星辉公主想了想，说道："还是先别逃吧，等蓝鱼儿醒了，或许她就会过来救我们。"

在鱼人族部落的草房子里，鱼人族长采了一些蓝草药敷在蓝鱼儿手臂的伤口上。

过了好一会，蓝鱼儿睁开了蒙眬的双眼。

她望了望四周，没有见到周勇与星辉公主，便急切地问道："父亲，那两个外星人呢？"

鱼人族长："外星人打伤了你，我叫人把他们关起来了！"

蓝鱼儿急了："啊，父亲，你弄错了！刚才在树林中，我遭遇了虫族人的攻击，要不是他们及时出现救我，我早成了那些食肉机器人的食物了！"

鱼人族长："啊，真是他们救了你？"

蓝鱼儿："是啊，您怎么把我的恩人抓起来？这样做，将会受到鱼祖神的诅咒的！"

鱼人族长吩咐道："快来人，去把那两个外星人放出来！"两名鱼人族男子应声走了出去。

很快，周勇与星辉公主便被放了出来，并受到了鱼人族的盛情款待。

周勇与星辉公主走进那间宴请他们的草屋时，被眼前的情景吓呆了。

只见桌上的盘子里摆放着一只只奇异的像死蝎子一样的食物。

蓝鱼儿："恩人，这是我们为你们准备的美食，请享用！"

星辉公主惊诧地睁大了眼睛，说道："啊，虫子！我们白矮星人不习惯吃这个！"

"谢谢你们的好意，我也从不吃虫子。"周勇也在一旁拒绝道。

蓝鱼儿："啊，你们都不喜欢吃呀！那你们喜欢吃什么呀？"

周勇直咽着口水地说道："我们喜欢吃肉、鱼……"

星辉公主在一旁捂住了他的嘴，示意他不要乱说。

蓝鱼儿："什么，你们想吃鱼人？"

周勇直摆手，否定道："不是的，我们不是想吃你们鱼人，

204

我们说的鱼是地球上的一种食物，不是鱼人！"

　　蓝鱼儿："哦，原来是这样！"

　　周勇："对了，你们鱼人族怎么会喜欢吃这些恐怖的虫子?"

　　蓝鱼儿："我们的祖先很讨厌希厄虫族部落，但又没法战胜它们，所以，便去山野之中抓了一些虫子回来烧烤熟了吃，以泄对它们的愤恨与不满。"

　　周勇："这样做能吓到它们吗？"

　　蓝鱼儿："自从它们看见我们族人吃虫子后，希厄虫族部落便不敢再狂妄入侵我们部落领土了。"

　　这时，鱼人族长走了过来，他对周勇与星辉公主客气地感谢道："谢谢你们救了我的蓝鱼儿！"

　　周勇："蓝鱼儿是我们的救命恩人，我们救她也是应该的。"

第二十九章
暗流能量开启虫洞　飞离 Gliese 163c 行星

　　鱼人族长："对了，我听蓝鱼儿说，你们的飞行物没法飞离我们这个星球，是真的吗？"

　　星辉公主："是的，我们的飞船需要一种暗流能量，只有暗流能量才能打开宇宙虫洞，我们才能离开这里！"

　　鱼人族长："可是，我们这里也没有你们需要的暗流能量。"

　　周勇想了想，说道："我们上次掉入蓝河中，发现河水异常冰凉、湍急，如果我猜得没错的话，这蓝河底一定有一股超强大的暗流能量。"

　　"只要我们收集到它，然后再把那股暗能量加工成负能量，把它发射到 Gliese 163c 行星外的太空中，便能打通一条通往异星系的虫洞通道。"

　　蓝鱼儿高兴得直拍手道："这办法好，太棒了！"

鱼人族长:"蓝鱼儿,人家能打开虫洞通道,你高兴什么呀?"

蓝鱼儿指着星辉公主说道:"她说如果能离开这里,便能帮我们去黑洞中拯救被黑洞怪兽人抓走的鱼族人。"

鱼人族长扭头问星辉公主道:"是这样吗?"

星辉公主:"是的,我们要去黑洞中救同伴,可以帮忙救你们的族人!"

鱼人族长:"那太好了!你们赶紧去蓝河底收集暗流能量吧!"

周勇与星辉公主点了点头,便与鱼人族长、蓝鱼儿告辞。

他们来到屋外的草地上,用飞艇的遥控器把停在上空中的隐形"星辉号"光能飞艇降落了下来。

而后,他们上了光能飞艇,并把光能飞艇变形成了 USO(外星潜艇)的模式,潜入了蓝河底深处而去。

接着,他们启动了能量系统,开始收集蓝河底的超强暗流能量。

随后,他们又把暗流能量加工转换成了负能量。

没多久,潜艇浮游到水面后,启动了变形程序,把 USO 变形成了光能飞艇飞向了空中。

星辉公主与周勇利用 M5 能量球的能量,启动了能量发射系统,发射了几股负能量到空中,便见飞艇的能量感应系统与飞艇的太空航控系统感应到前面不远处开启了一条超大口径的虫洞通道。

星辉公主驾驶的飞艇在鱼人族的头顶上方盘旋了一圈,而后,用喇叭朝下面的鱼人族打招呼告别:"我们走了,我们会帮你们把族人从黑洞中救出来的,请等我们的好消息!"

周勇与星辉公主驾驶的光能飞艇刚飞近虫洞口处，便被吸入了虫洞之中，超强的暗流能量推力让他们感觉飞艇被吸入虫洞后快速地往虫洞深处钻去。

就在他们庆幸总算飞出了这个星岛时，他们却感觉有一股巨大的未知推斥力，把他们的飞艇从虫洞中推甩了出去。

他们的"星辉号"光能飞艇超速地飞撞向了一个未知的星岛。

他们"啊"地惊呼了一声，便失去了知觉。

当他们醒来的时候，发现飞艇降落在一个荒星岛上，他们检查飞艇，还好飞艇没有被损坏。

星辉公主："趁飞艇内还有足够的能量，我们赶紧起飞，赶往太阳系与大家汇合！"

可他们却不知道，有一个细微的东西紧贴在他们的飞艇下面，正闪烁着奇异的紫光。

其实，那是一个黑洞的"星际跟踪感应器"。

周勇："好的，马上出发！"

他们赶紧启动了光能飞艇往太阳系飞去。

在地球上，自从上次洪崖兽将军与黑龙兽国王联手打败了黑洞怪兽军后，黑洞怪兽军便暂时没有入侵地球了。

它们可能在伺机等洪崖兽将军与黑龙兽国王离开太阳系后，再去地球抓乐乐。

当周勇与星辉公主驾驶着飞艇赶到太阳系时，洪崖兽将军与黑龙兽国王也正在等候着他们开会。

原来，他们这次是协商怎么处理乐乐的事情。

周勇听说在地球的未来世界他已有一个儿子，这让他感到既惊喜又诧异。

周勇："我想去地球见见那孩子！"

但是，洪崖兽将军却说道："你如果去地球，却正好让卡沙它们高兴了，它们正在四处找你，要抓你去黑洞城堡呢！"

周勇想了想，说道："叶兰的灵魂已被我们找回来了，依我看，下一步我们的首要任务就是去黑洞城堡中找回被关押的叶兰的身体，要不然，我们会始终被卡沙它们牵着鼻子走。"

黑龙兽国王："要不我们负责在地球保护乐乐的安全，你们安心去黑洞拯救叶兰吧！"

洪崖兽将军："那我还是负责接应周勇与星辉公主吧。"

地崖兽将士："那我呢？"

洪崖兽将军："你还是留在地球协助黑龙兽国王暗中保护乐乐吧！"

地崖兽将士："是，遵命！"

会议一结束，大家回到了各自的飞船内准备执行任务。

可自从回到"白矮星号"巨型母船上后，星辉公主却一副忧心忡忡的样子，似乎有心事。

洪崖兽将军一直把星辉公主当成自己的晚辈，见此情景，他心里很替她担忧。

为了弄清楚事情的缘由，洪崖兽将军把周勇叫来问明了情况，周勇向他说明了星辉公主的心事："……事情就是这样。"

洪崖兽将军听后恍然大悟地："哦，原来是这样呀？看来，我们在去黑洞救叶兰之前，得先去把公主的心事解决了才行，要

不，她没法集中精力做事，我们的行动计划就会失败。"

周勇想了想，一脸郑重地说道："是的，去黑洞中救叶兰是一个很艰巨的任务，所以，我们到时须集中全部精力，切不可分神，否则，大家都有危险！"

于是，洪崖兽将军走过去对星辉公主说道："公主，我们先陪你去 Kepler－22b 行星，去见你的地球朋友吧！"

星辉公主："不，我们还是先去救叶兰要紧。"

周勇："还是先去了却你的心愿吧，况且，我们也希望你能快乐。"

星辉公主想了想，说道："那好，就按照你们的意思去办吧！"说着，她的脸上飞起了欣喜的笑容。

周勇与洪崖兽将军也打心底里替星辉公主高兴。

特别是洪崖兽将军，在他的记忆中，星辉公主自从小时候与白矮星国王赌气离家出走多年后回到白矮星，就一直是一副忧心忡忡的样子，很少看到她开心地笑，而这次是他记忆中星辉公主笑得最舒心的一次。

"白矮星号"巨型母船往 Kepler－22b 行星飞去。

第三十章

Kepler－22b 行星旧友重逢

当"白矮星号"巨型母船停在 Kepler－22b 行星上空时，黑龙将与蓝龙兽国王已在那里等候他们多时了。

周勇与星辉公主乘坐小飞艇，从巨型母船上飞落而下，降落在一座小漂浮岛上。

蓝龙兽国王上前迎接："勇士们凯旋，辛苦了，我已备好了盛宴款待大家。"

洪崖兽将军却走上前去，郑重地婉言谢绝道："感谢蓝龙兽国王，我们这次过来只是路过。我们公主要去黑龙兽国的山洞中拜祭山子先生，而后，要赶往黑洞救叶兰。所以，等我们救回叶兰后，下次再来参加国王的盛宴吧！"

蓝龙兽国王将了将蓝胡须，说道："也好，那就先忙正事吧！"

这时，黑龙兽将军走向前来，向他们行礼道："黑龙兽国王吩咐黑龙将，在此等候各位。"

洪崖兽将军："事不宜迟，请黑龙将带我们去吧！"

说着，黑龙将便带领他们走入了上次周勇、叶兰他们曾走过的山洞道。

很快，他们便来到了放置山子先生的挂画的地方，星辉公主一看到挂画上山子先生的画像，便欣喜激动得晶莹的眼泪涌泉而出。

她哽咽地说道："果真是他……呜呜……"

接着，黑龙将又带领他们去瞻仰了山子先生的所有壁画作品，那些栩栩如生的壁画让洪崖兽将军大饱眼福。

他边看边惊叹："哇，可真是奇才啊！"

而星辉公主却边看边用手抚摸着那些雕刻的壁画，心里回忆着她与山子在地球一起度过的那段快乐的日子，往事历历在目，恍如昨日。

这让她忍不住泪水又簌簌落下。

最后，他们去了放置山子先生雕塑的石室。让周勇感到意外的是，在山子先生的雕塑的前面，他发现多了一尊栩栩如生的雕塑——地球神龙。

周勇诧异地扭头问黑龙将："奇怪了，上次我们来拜访没有看到这条巨龙，之前是放在别处吗？"

黑龙将："这事说来也蹊跷，自从你把山子先生的骨灰盒带走后，有一天我走进这山洞中巡逻时，无意中发现多了这尊外星龙雕塑。"

周勇在心底不由得一动："看来，这条雕塑龙必定是地球神龙的化身了。"

　　这时，星辉公主一见到山子先生高大、英武的石雕像，便走过去扑向他雕像的怀抱，泪水簌簌而下……

　　奇怪的事情发生了，就在星辉公主晶莹闪光的泪珠滴落在山子先生的雕像上时，周勇突然感觉自己的身体中有一股奇异的能量流涌动着，这与之前他把山子先生的骨灰盒带走时的一样。

　　与上次不同的是，这次这股能量流在他的身体内似乎越运转越快。

　　他扭身去袋里掏出变小了的骨灰盒，可他刚打开盒子，便见从那骨灰盒中射出一道红光注入了他的体内。

　　这让他浑身不由自主地颤动着，骨灰盒掉到了地上打碎了，却没看到骨灰。

　　周勇的身子直东倒西歪的，差点摔倒了。洪崖兽将军在一旁扶住了他，好奇地问道："周勇，你怎么了？"

　　周勇的脸上肌肉直颤动着，嘟噜着嘴说道："我……也……不……知……道……啊……"

　　周勇拼命地挣扎着身子，仿佛想极力挣脱什么似的。

　　更奇怪的事情发生了：只见一股红色的能量流忽地从周勇的头顶飞窜而出，直钻入了他身前的那条雕塑龙的体内。

　　这时，星辉公主惊诧地发现：山子先生雕塑的眼睛突然睁开，射出了两道银光。

　　它那雪亮的眼睛里，还溢出了两滴晶莹的眼泪。

　　那泪珠"滴答"地滴落而下，滴落入了下面的那条雕塑龙的

双眼中。

顿时，那条雕塑巨龙像是被注入了生命似的，竟然变成了一条有金色鳞甲的地球神龙。

只见它晃了晃了头，腾飞而起。

金龙在洞空中围绕着下面的他们盘旋着。

星辉公主走向前几步，朝洞空中的金龙伸出手，含着泪花说道："你是我的山子吗？"

金龙朝她点了点头，而后，便轻轻地降落到了星辉公主面前的石洞地面上。

只见它朝星辉公主边点头边摆动着龙身，示意星辉公主坐上去。

星辉公主："山子，你是要驮我走吗？"

金龙又朝她点了点头。

星辉公主走向前去，准备骑坐上金龙的后背。

洪崖兽将军在一旁警惕地提醒道："公主，别上去！"

星辉公主扭头，朝洪崖兽将军说道："没事，它是山子的能量进化成的外星龙，它不会伤害我的！"

说着，她便走过去骑在金龙的后背上，金龙载着她腾飞而起。

这时，洪崖兽将军担心星辉公主会有危险，叫道："等一等，让周勇也坐上去。"

金龙听话地又飞落到了石洞地上，周勇也骑了上去。

而后，便见金龙载着周勇与星辉公主腾飞而起，飞出了石洞道。

而洪崖兽将军则变形成了一只巨大的光能兽，随后飞奔了出去。

只留下黑龙将，它站在山子先生的雕塑旁，愣愣地嘀咕道："认识了您几百年，直到今天才知晓，原来您是来自地球的龙兽！我们同属龙，是因为山子先生您深藏不露，还是我们太笨拙了呢？唉！"

嘀咕到这里，黑龙将甩了甩头，便变形成了一只巨大的黑龙兽，飞奔出洞了。

当黑龙将所变的黑龙兽飞出石洞外时，金龙驼着周勇与叶兰正飞向空中停着的"白矮星号"巨型母船。

黑龙兽仰头朝上空中"呜哇——呜哇——呜哇——"吼叫了三声，算是道别。

很快，"白矮星号"巨型母船上传来了洪崖兽将军回复的洪亮的道别声："我们走了，归来再见！"

说着，"白矮星号"巨型母船便在上空中腾飞而起，往高空中飞去。

此时，黑龙兽变回成了黑龙将的模样，仰望着空中，默默地在心底祈祷："山子先生，看您孤独了几百年，今天，您终于找到自己的灵魂归宿了。"

此时，在白矮星号的巨型母船内，金龙已变小了身子，被星辉公主抱坐在太空座椅上。

只见小金龙的头乖巧地倚在星辉公主的怀中，金色的眼睛里似乎闪烁着晶莹的泪光。

星辉公主欣喜、幸福地微笑着。

她轻轻地拍了拍小金龙的头，而后，低头疼爱地亲蹭着它。

在一旁不远处坐着的周勇羡慕地望着眼前的一切。

"叶兰……"他突然下意识地摸了摸自己胸前的口袋。

周勇从怀中取出了叶兰的光能聚魂瓶，在自己的脸上蹭了蹭，在心底对叶兰说道："叶兰，星辉公主都已找到她的爱人了，你也该回来陪我了。我们这次准备去黑洞中寻找你的身体，你能告诉我，你的身体被卡沙它们藏在哪里吗？"

这时，洪崖兽将军说："前面进入星云地带，有超强的星云能量流，大家须暂时进入休眠模式。"

说完，洪崖兽将军把航控系统设置成自动飞行模式，便与大家一样走进自己的休息舱，进入了休眠模式。

第三十一章／
卡沙与古达的诡计

周勇很快就迷迷糊糊地进入了梦乡。

蒙眬中，他看到叶兰的身体轻飘飘地向他走来。

周勇欣喜若狂地张开双臂，迎上前去："叶兰，你回来了？"

可是，当叶兰快走到他的身前时，却忽地停住了脚步，朝他直摆手说道："别……别，你别过来！"

周勇疑惑地问道："为什么？"

叶兰："因为我的灵魂虽被你们救回了，但是我的身子却还被他们关押着。"

周勇："那你快告诉我，你的身体被他们关押在哪里？"

叶兰："不知道……我只知道，我的灵魂被他们抽离后，他们用 0078 号黑洞飞船把我的身体运走了。"

"之后，他们又用遥感控制技术做实验，把我的身体与灵魂

反复融合与分离……"

周勇："再后来呢?"

星辉公主："再后来,我的灵魂就被你们救出来了。"

周勇："什么? 你刚才说 0078 号黑洞飞船运走了你的身体?"

叶兰有气无力："是的,就是 0078 号黑洞飞船。"

周勇："可是,自从你被他们抓走后,0078 号黑洞飞船一直在太阳系与黑龙兽国王、洪崖兽将军作战,应该从没回过黑洞。"

叶兰："那你们赶紧去找 0078 号黑洞飞船,找到它也许就能救出我的身体了!"

周勇："好的,你等着我,我们一定会救出你的!"

叶兰担忧地交代道："卡沙它们很阴险的,你们一定要注意防备!"

周勇："放心吧,我会小心的,这些日子,你的灵魂被困在瓶中,你受苦了!"

叶兰："没关系,我吃点苦没啥,只要你安全就可好……你们的巨型母船快飞出星云了,我得走了!"说完,她的身子便飘然消散了。

周勇急得大呼："叶兰!"

而后,一阵刺耳的铃声把周勇从梦中惊醒了。

大家从各自的休息舱走了出来。

洪崖兽将军："有新情况,大家来开会一起协商一下。"

周勇："正好我也有事要与大家商量。"

洪崖兽将军："那你先说吧!"

周勇："我刚才在梦中见到叶兰了,她告诉我她的身体与灵魂分离后，身体被 0078 号黑洞飞船给载走了。所以，我怀疑卡沙它们并没有把叶兰的身体送到别处，而是一直放在 0078 号黑洞飞船上。而且，他们还用叶兰的身体做灵魂分离与融合的实验。"

洪崖兽将军："我刚才也梦见叶兰，她告诉了我同样的情况，

可是我一直不明白，0078 号黑洞飞船一直都未离开我们的监控，难道叶兰的身体一直没被卡沙它们送回黑洞 N 斯城堡？"

周勇："我也是这么想，如果叶兰的身体还在 0078 号黑洞飞船上，那我们就不用那么麻烦去黑洞了！"

洪崖兽将军又扭头问星辉公主："公主，你的看法呢？"

星辉公主想了想，说道："我也觉得我们应该先去 0078 号黑洞飞船找叶兰的身体，实在找不着，再去别处找。"

洪崖兽将军："那好吧，既然大家意见统一，那就调转巨型母船的航向去太阳系寻找 0078 号黑洞飞船了！"

在银河系的 Y 黑洞内，卡沙驾驶的 0078 号黑洞飞船正停在那里。

自从叶兰的灵魂被弄丢后，卡沙便不敢把叶兰的身体转移到其他地方。

因为它知道白矮星的光能跟踪与搜索技术都很高，所以，它担心一旦叶兰的身体放在别处会被对手夺走。

此外，卡沙也不敢把叶兰灵魂弄丢的事报告给 N 斯博士，因为它怕 N 斯博士知道后，会生气地把它们全部抓去销毁处理掉，那可就危险了。

因此，卡沙决定暂不回黑洞城堡，等找到叶兰的灵魂，抓到

乐乐，然后再回黑洞城堡向 N 斯博士请功。

这天，它正与古达在 0078 号黑洞飞船封闭式会议室内商量下一步的行动计划，它们商量了好久才从里面走出来。

没多久，古达驾驶着一艘黑洞能量飞艇，从 0078 号黑洞飞船发射了出去。

它是去干吗呢？是带走了叶兰的身体，还是另有别的任务？

而在地球上，乐乐与齐齐自从那次被黑洞怪兽攻击后，便更加苦练太空战术。

只要不上课的时候，他们就会去山洞中的太空基地，向地崖兽将士学习太空战术，地崖兽将士也悉心地教他们。

黑龙兽国王的飞船则一直停在太阳系的第四颗行星——火星的附近。

黑龙兽国王仔细认真地监控着地球的动静，默默地守护着地球。

黑龙兽国王当初急着要来保护地球，其实还有一个很重要的原因是因为山子先生来自地球，山子先生陪伴了他几百年，而他来保护地球，其实在他的内心深处也是为了怀念老友。

小蓝龙与小黑龙依然住在乐乐家的宠物房里，它们还是像以前一样，好争吃、好斗嘴，活脱脱的一对冤家对头。

不仅如此，齐齐好几次叫小黑龙去他家，可小黑龙却说："我走了，乐乐家的美食，便全是小蓝龙的了，可不能便宜了小蓝龙！"

这天乐乐放学，去买了两包薯条，自己走在路上吃了一包，剩下的那包，他想带回去给小蓝龙与小黑龙吃。

可它们却又争得打架了。薯条包被它们抢来抢去的，小蓝龙刚抢过来往嘴里塞一把，却又被小黑龙就地一滚抢过去了。

小黑龙："小蓝龙，你不是不喜欢吃地薯吗？别过来瞎凑热闹！"

说着，小黑龙举起薯条包直往嘴里倒。

小蓝龙蹿到小黑龙的身后一把抢了过来，说道："可我爱吃薯条啊！好吃兽，差点全被你吃完了！"

这时，乐乐从门外走了进来，见此情景，急得直挠头皮。

突然，他灵机一动，走去厨房用微波炉烤了两个土豆，对它们说道："我这有土豆，你们谁要先吃？"

小蓝龙："主人，有土豆？"

小黑龙却好奇地问道："乐乐主人，是做土豆烧肉的地球土豆吗？"

乐乐："是的，你们谁先抢到，就归谁了？"

小黑龙丢了手上的薯条包，蹦蹿着去抢乐乐手上的烤土豆。

小蓝龙当然也不甘示弱，跳蹿着上前，抢了一个过来直往嘴里塞。

土豆很烫，烫得它们直"哇哇"大叫的。

小黑龙："主人，土豆这么烫，你是不是想惩罚我们？"

乐乐："嗯，那当然了！你们吃我的薯条，还打闹得天翻地覆！"

小蓝龙："对不起，主人，下次我们会注意点。"

乐乐："呵呵呵，好的，那你们等土豆凉了再吃吧！"

第二天一早，乐乐像往常一样去学校上学了。

小蓝龙与小黑龙也跟着去了，它们变成了一蓝一黑两股能量流，往学校飞去。

它们一前一后地降落在学校的操场上时，却发现乐乐还没到学校。

这时，同学们三三两两地背着书包来上学了。

他们看到小蓝龙，都很热情地同它打招呼。

同学们好奇地问小蓝龙身后跟的是谁，"小蓝龙，你今天带谁来了呀？"

小蓝龙扭头望了望包装严实的小黑龙一眼，说道："哦，是我的弟弟小黑龙。"

小米同学："怎么，外星宠物也有弟弟呀？"

花花同学："它干吗包扎得那么严实呢？"

贝贝同学："是呀，叫它把帽子取下来，让我们大家认识一下吧。"

小黑龙故作咳嗽状："咳咳……这两天有点感冒了。"

小蓝龙对大家说道："对了，小黑龙感冒了，大家这么热情，有没有兴趣传染外星兽的感冒？"

毛毛同学好奇地问道："传染后会怎样？"

小黑龙："传染后，你们就会长成我的样子了！"说着，它挨个凑过去问道："怎么样，要不要试试？你呢，要不要试试？"

小茜走过来，胆怯地说道："那你得先让我们看看，你长什么样？"

贝贝同学："如果你长得好看，我们就试试。"

毛毛同学则乘小黑龙不备，蹿到它的身后，一下子把小黑龙头上的帽子取了下来，众同学一望，大声尖叫："哇！真难看！也太丑了！"

小黑龙："嘿嘿，我这叫个性美！我们是外星龙族人，肯定与你们长得不一样了！"

花花同学走过来，先望了小蓝龙一眼，又望了小黑龙一眼，诧异地问道："你们是兄弟吗？怎么长得相差这么大！"

毛毛："哦，我知道了，它们肯定不是同一个龙爸爸！可是，你们到底谁是偷生的呢？"

他这话把同学们逗得笑了起来："哈哈哈……哈哈哈……"

这时，乐乐背着书包走了过来。

小蓝龙与小黑龙迎上前去。

同学们见他们的班长——乐乐来了，扭身往学校大门走去。

这时，在太阳系地球的外太空，古达驾驶的黑洞能量飞艇正往地球飞去。

它边驾驶边开心地在心底嘀咕道："嘿嘿，周乐乐，我就不相信，这次你还能逃过我的魔爪！"

它边说边冷笑着用拳头敲打了一下面前的驾驶台。

接着，它又改口说道："不对，不是魔爪，而是黑洞怪兽爪！"

第三十二章

诡异的陷阱

眼见着黑洞能量流飞艇很快就要进入大气层了，古达把黑洞飞艇的飞行模式调整成了隐形飞行模式。

在火星附近的黑龙国巨型飞船上的黑龙兽国王正严密地监视着地球四周的动静。

为了防止疏漏，它把黑龙国的黑龙能量发射到地球的四周，并利用黑龙能量流设置了一张安全防控能量系统网。

一旦有外星飞船或外星生物穿越这道防控系统网，能量防控系统便会发出警报声。

可出乎意料的是，古达驾驶的隐形飞艇竟然成功地穿越过了这道能量防护网。

古达驾驶着隐形黑洞能量飞艇直飞往乐乐学校附近的那座丛林茂盛的大山。

经过上次的失败经验，古达这次行动似乎计划更周全了。

古达的飞艇飞到了那片茂盛的丛林后，便隐藏了起来。

这天中午，乐乐与齐齐觉得学校的午餐不是很好吃，向老师请假后便跑到学校外去买零食吃。

小蓝龙与小黑龙正在操场上玩，见乐乐与齐齐出了校门，它们也悄悄地跟了过去。

乐乐与齐齐出了校门后，齐齐问乐乐："你想吃什么？"

乐乐："我想吃土豆烧肉，你呢？"

齐齐："不如我们去学校对面的中式速食餐馆买两份快餐，那里好像有土豆烧肉。"

说着，他们便过马路往对面走去。

"咦，有土豆烧肉吃，我也要去吃。耶，土豆烧肉，我的最爱！"后面的小蓝龙与小黑龙听说有土豆烧肉吃，也跟着追了过去。

乐乐与齐齐来到了餐馆。

乐乐："老板，来两份中式速食快餐：土豆烧肉。"

小蓝龙与小黑龙各戴着一个脸罩跟在他们的身后，直叫唤道："不对，应该是四份！我们也要吃，嘿嘿……"

见小蓝龙与小黑龙也跟来了，乐乐与齐齐没敢在餐馆吃饭，怕它们会把餐馆的客人吓跑。

"那您给我们打包四份吧！"他们叫老板打包了四份土豆烧肉，便一起往学校旁边的山坡走去。

他们在山坡上的一片草地上席地而坐，吃起了土豆烧肉速食

快餐。

小蓝龙与小黑龙很快就把盒中的土豆烧肉吃完了。

它们扭过头来盯望乐乐与齐齐碗里的土豆烧肉。

乐乐："你们都别看了，我这没你们的份!"

齐齐："也别朝我碗里望了，我这也没你们的份了!"

小蓝龙与小黑龙直盯着他们快餐盒里的土豆烧肉，馋得直滴着口水。

齐齐不高兴地嘟噜着嘴说道："真恶心，我不吃了，都给你们吃吧!"说着，齐齐放下快餐盒，打算往学校走去。

乐乐："喂，齐齐，等等我，我们一起回去。"

齐齐："我的数学作业还没完成，我先回去做习题了。"

乐乐："那你先走吧，我等它们吃完一起回来。"

齐齐："好的。"

说着，齐齐便起身走了，他的身影很快便消失在拐弯处的山坳口处。

乐乐走过去，把齐齐的土豆烧肉快餐分成两份，然后又把自己快餐盒中的土豆烧肉分了一些给小蓝龙与小黑龙。

而后，他自己坐在一旁的草地上吃了起来。

小蓝龙与小黑龙坐在地上，笨拙地抓着筷子狼吞虎咽地抢夹着吃。

齐齐刚走到前面不远处的一棵大松树下，从树上突然射下了一道刺眼的紫光击中了齐齐。

齐齐"啊!"地低呼了一声，晕睡了过去。

一分钟后，他又睁开了眼睛，但他的眼睛里却闪烁着紫光。

只见他迷糊地摸了一下自己的头："我这是到了哪里？哦，想起来了，嘿嘿，看我的！"

说着，便见他试着身形古怪地蹦跳了两下。

而后，他又向前后、左右各走了几步，像刚学走路的样子，便转身急匆匆地沿着刚才来时的路走了回去。

这时，乐乐与小蓝龙、小黑龙已吃完了，正起身准备往学校走。

突然，他们发现齐齐风尘仆仆地朝这边走来。

乐乐不解地问道："齐齐，你怎么又跑回来了？是不是丢了什么东西？"

齐齐："不是啊，乐乐，我有一个好消息要告诉你，你爸妈从外太空回来了！"

乐乐欣喜若狂地说："是吗？那太好了！"

齐齐："快跟我走吧，他们的太空飞艇就停在前面的丛林中。"

乐乐往前匆匆地走了几步，而后，又挠了挠后脑勺，诧异地嘀咕道："奇怪了，我听爷爷说，我爸妈去外太空，最少也得十年才能回来，这次怎么这么快就回来了？"

齐齐："你爸爸说临时有事，路过地球就顺路过来看看你，再继续回外星基地工作。"

乐乐如释重负地微笑着说道："哦，原来是这样呀！那我们赶紧去见他们吧。"

说着，乐乐便跟着齐齐往左边的那片丛林深处走去。

这可急坏了后面跟着的小蓝龙与小黑龙。

因为它们知道叶兰已被黑洞怪兽军抓走了，还没救出来。

显然，眼前的只是一个骗局……

它们在后面跟着走了过去。

小蓝龙与小黑龙用 Kepler－22b 行星的母语边走边交流着。

小黑龙："这事有点古怪，叶兰不是被抓走了吗，怎么会回地球了呢?"

小蓝龙："如果我猜得没错的话，这一定是个骗局!"

小黑龙："那个齐齐是真的吗?"

小蓝龙："齐齐没假，就是，我发现他的眼睛不太对劲……"

小黑龙："你是说他的眼睛里有紫光?"

小蓝龙："糟了，上了卡沙它们的当了!"

小黑龙："赶紧追!"

说着，它们飞身跃起，变成一蓝一黑两股能量流快速地往前飞射而去。

只见它们"唰"地一下，便飞窜到了乐乐的左边与右边。

而后，只见它们一左一右地拉起了乐乐飞蹿向了空中。

身后的齐齐边追上来，边叫道："乐乐，别走! 快跟我去见你爸妈呀!"

小蓝龙："主人，不能去!"

小黑龙："乐乐主人，齐齐的身体有黑洞能量入侵，他已经被控制了!"

乐乐急切地招呼齐齐："齐齐，快跟我们回去，我们想办法去除你体内的黑洞能量！"

齐齐望着他们，眼里直闪烁着邪恶的紫光，恶狠狠地用沙哑阴森的声音说道："嘿嘿，乐乐，应当是你下来跟我走才对！"

说着，他忽地伸出巨长的手抓住乐乐的衣服，使劲地往自己的身边拉拽！

"别跟他走！你这黑洞怪兽控制了齐齐，别想再拉走我的主人！"乐乐身旁的小蓝龙与小黑龙一左一右用力地拉住了乐乐。

这时，只见一道紫光一闪，古达出现在下边的地面上了。

只见它站在那里冷笑着："嘿嘿，你们都跑不掉了！"

说着，便见它变形成了一条巨大的紫色怪兽蛇，朝上空中的他们张开了利齿毕露的大嘴。

小蓝龙、小黑龙与乐乐以为它要扑咬过来了，向上高高跃起。

可让人意想不到的是，这次它却只是喷出了一股紫色的黑洞能量流。

小蓝龙、小黑龙与乐乐在空中飞跃着，躲闪开了那股紫色能量流的袭击。

不幸的是，当那股紫色的黑洞能量流消失时，乐乐他们惊异发现：齐齐与紫色怪兽蛇都不见了！

乐乐："糟了，齐齐被它吃掉了！"

小蓝龙："主人放心，齐齐肯定还活着，只是……"

乐乐急切地问道："只是什么？"

小蓝龙摇头叹气："唉，只是被它抓走了！"

小黑龙："它的目标是乐乐主人，而齐齐是最好的诱饵，所以，它不会轻易吃掉齐齐的。"

乐乐："那我们快四处找找看。"

说着，乐乐与小蓝龙、小黑龙从空中飞跃而下，钻入下面的那片茂盛丛林中，四处寻找齐齐与紫色怪兽蛇的踪迹。

在太阳系火星的附近，停着黑龙国巨型飞船，黑龙兽国王正趴在监控系统前的工作平台上休息。

突然，一阵刺耳的铃声把他给惊醒了，只见他应声抬起头来，直望向系统屏幕："糟了，有情况！"

第三十三章
齐齐被黑洞能量异化

黑龙兽国王："糟糕，能量防护网破了！一定是卡沙它们又入侵地球了！"

说着，他打开了太空遥感监控视频，视频上显示：之前古达所变的紫色怪兽蛇正喷吐着紫色的能量流攻击乐乐他们。

黑龙兽国王："啊，果真是黑洞怪兽军入侵，看来地球要出大乱子了！"

说着，他驾驶着一艘小型的飞艇火速往地球飞去。

只见一道紫色的能量光一闪，便见黑洞怪兽将士模样的古达双手抱着齐齐，飞降在陡峭的石崖山半山腰间的一个山石洞口处，低头快速地往石洞内走去。

洞道内，从古达怪异的头盔上投射下一束紫光，刚好照亮了它脚下的路面。

当它快走到石洞的尽头，前面已没有了洞道。却见它用嘴对着那石洞壁吹出了一股紫色的能量流，只听见"吱啦"一声，一扇石洞门打开，石洞往前延伸而去。

它就这样边走边诡异地开启着未知的洞道，一直往前又走了几条洞道。

最后终于来到了一间宽敞的石室中，古达停住了脚步。

只见它张嘴朝四周吹出了一股紫色的能量流，石室变形成了一间黑洞实验室。

古达把手中抱着的齐齐轻轻地放在实验室的平台上，然后打开了黑洞能量侵蚀系统。

它先用紫色的黑洞能量辐射齐齐的全身，而后，又利用黑洞能量"辐射"手术，在齐齐的体内安装了一个微型的黑洞能量"召唤器"。

一切忙完之后，只见它冷笑着："嘿嘿，手术完毕，是时候送你回去了。"

说着，他又抱起昏睡的齐齐转身往洞外走去。

此时，乐乐与小蓝龙、小黑龙在丛林深处正四处焦虑地寻找着齐齐。

他们不敢大声呼喊，生怕被丛林深处的黑洞怪兽听到了。

只见一个高大的身影在乐乐他们的身旁一闪，钻入了一旁茂盛的丛林中。

乐乐："小心，黑洞怪兽蛇又出来了。"

小蓝龙直东张西望："啊！在哪？"

小黑龙："乐乐主人，快说它在哪？我去对付它！"

"嘘！"乐乐暗示大家别出声，往一旁的丛林指了指，从地上捡起了一根大木棒，领头蹑手蹑脚地往那边走去。

小蓝龙与小黑龙则也各自变大了身子，紧跟在乐乐的身后往前走去。

突然，乐乐对准了前面正拱动着的矮树丛林，高高地举起了棒子，用力地击打下去。

"别误会，是我呀！"那片丛林中蹿出了一个高大熟悉的身影。

"啊，是地崖兽将士！"小蓝龙欣喜地说道。

乐乐："地崖兽将士，怎么会是您呀？"

地崖兽将士："我刚才在山洞中的基地内听到防护系统警报声，才知有外星怪兽入侵，便火速赶来了！怎么样，你们都没事吧？"

乐乐："我们几个都没事，可是，齐齐被它们抓走了。"

地崖兽将士安慰大家道："别担心，我们一起去把他找回来。"

说着，他们一起往前面的丛林深处走去。

这时，天空中传来了一阵轻微的"嗡嗡"声。

地崖兽将士应声抬头望向空中："一定是黑龙兽国王赶来增援了。"

说着，大家一齐抬起了头望向空中。

果然，不出他们所料，不到两分钟的时间，黑龙兽国王驾驶着飞艇出现在大家的视野之中。

飞艇很快便降落在丛林中的草地上，大家迎上前去。

黑龙兽国王歉疚地对乐乐说道："对不起，乐乐，我来迟了。"

乐乐急切地恳求道："黑龙兽国王，请快帮我们把齐齐救回

233

来吧!"

黑龙兽国王:"好的,我们一起去找吧!"

就在这时候,齐齐那熟悉的声音却忽地从他们的身后传来:"我回来了,你们找我干吗?"

乐乐欣喜地迎上前去想要与齐齐拥抱,小蓝龙与小黑龙从一旁蹿了过来,阻隔在了他们的中间。

小蓝龙:"主人,你不能靠近他!"

小黑龙扭头,厉声地问齐齐:"你刚才去哪了?快点告诉我们!"

齐齐眨巴眨巴着眼睛,一脸疲惫地说道:"刚才你们都跑开了,而我却被一股黑洞能量流击中了!我被它给击出了老远,所以,走了很久才走回来。"

乐乐张开双臂又要走向前去拥抱齐齐:"齐齐,你没事吧?"

小黑龙硬是把乐乐给推开了:"主人,在他没有被解除黑洞间谍嫌疑之前,你不能接近他!"

小蓝龙:"是啊,主人,为了你的安全,请离他远点!"

齐齐却扭头生气地说道:"你们这两个小东西,竟然还敢怀疑我!"

这时,黑龙兽国王从后面走上前来,说道:"齐齐,刚才我还在替你担忧呢,现在你回来了,我真是太高兴了!"说着,它走上前去与齐齐来了一个礼貌性的拥抱。

突然,它惊诧地发现齐齐的眼中直射出两道紫光。

黑龙兽国王不由得在心底惊呼:"啊!他果真中了黑洞能量的毒!看来,我们得谨慎了……"

小黑龙用黑龙国心语问道:"国王,我们现在该怎么办?"

黑龙兽国王："别慌张，随机应变，随时准备战斗！"

小蓝龙："国王，我们要不要让齐齐沉睡啊？"

黑龙兽国王："他现在已经被黑洞能量遥控了，我们得先帮他去除体内的黑洞能量才行。"

这时，地崖兽将士走了过来，可是，他刚靠近齐齐，就被一股紫色的黑洞能量流冲击出老远！

而在他们身后不远处的丛林中隐形飞船内的古达，见此情景颇为得意地冷笑道："嘿嘿，这下让你们自己人对付自己人，我可以好好地休眠、补充能量去了！"

说着，它便躺倒在太空座椅上，休眠睡觉去了。

黑龙兽国王正急切地招呼大家道："快，大家一齐击倒他！"

说着，大家一齐包围住了齐齐，同时挥掌朝齐齐发射去了一股股超强的能量流。

齐齐睁大了眼睛，从他的眼里射出了两道超强的紫光，并挥臂发射出了两股超强的紫色能量流，扫击着攻向了四周的大家。

小蓝龙与小黑龙被紫色黑洞能量流击中飞出老远，摔倒在草地上。

乐乐幸亏被黑龙兽国土与地崖兽将士一左一右地拉着，否则也会被击飞出去。

这时，小蓝龙与小黑龙又飞回了齐齐的身旁，准备与他决战！

黑龙兽国王："小蓝龙、小黑龙，你们保护乐乐，我与地崖兽将士去对付他！"

乐乐："你们小心点，别伤着齐齐！"

地崖兽将士："放心吧，我们会小心的，你们走远些！"

乐乐与小蓝龙、小黑龙往后飞去了几百米，站在上空中观战。

黑龙兽国王与地崖兽将士一前一后地开始围攻齐齐。

只见一股黑龙能量与一股银色的光能量一前一后地射击向了齐齐。

"超强黑洞能量！"齐齐旋转着身子，挥掌朝他们发射着深紫色的黑洞能量流抵挡着。

黑龙兽国王被击得身子直颤动着："啊，好强的黑洞能量！"

地崖兽将士更是被击得身子一歪，差点摔倒在地，惊呼："快……准备……能量升级！"

黑龙兽国王掏出能量枪，发射了一股超强的 Kepler－22b 行星巨型能量球能量；地崖兽将士则用能量枪发射出了超强的 M5 能量流。两股超强能量流一前一后，瞬间击中了齐齐，齐齐的身子被击得东摇西晃地抽动着，而后，便头一歪，摔倒在了深草丛中。

地崖兽将士："快，送他去山洞'基地'，去除体内的黑洞能量！"

说着他抱起了齐齐，与大家一起隐形往山洞基地的方向飞去。

第三十四章
偷袭 0078 号黑洞飞船

在外太空。

周勇与星辉公主、洪崖兽将军驾驶的"白矮星号"巨型母船此时已快要进入太阳系了。

洪崖兽将军："把飞船设置成超级隐形模式。"

星辉公主："是，洪崖兽将军!"

在银河系内的 Y 黑洞内隐藏着的 0078 号黑洞飞船上，卡沙接到古达从地球发来的信息后得知古达已到达到地球。

为了更便于接应古达，卡沙把 0078 号黑洞飞船从 Y 黑洞内驾驶而出，又飞到了金星的附近隐形停着。

卡沙刚停妥当后，便收到古达之前从地球发来的太空邮件。

古达在邮件中说："将军，一切准备完毕，正按原计划进行。"

卡沙稍微松了一口气，回复道："不错，这次一定要把乐乐

抓回来!"

而后,卡沙伸了一个懒腰,浑身上下直闪烁着紫色的能量之光。

卡沙:"总算成功在即,终于可休眠一会了!"

说着,它那戴着太空头盔的怪兽头往太空座椅上一倒,进入了休眠状态。

洪崖兽将军、星辉公主驾驶的"白矮星号"巨型隐形母船已进入太阳系,洪崖兽将军叫星辉公主启动"太空飞船"搜索系统,搜寻 0078 号黑洞飞船所在的太空位置。

可星辉公主搜索了好几遍,都没找到 0078 号黑洞飞船的太空位置。

星辉公主:"洪崖兽将军,我搜不到 0078 号黑洞飞船的太空位置。"

洪崖兽将军:"再利用 M5 异能量追踪系统搜索一下黑洞能量流的踪迹。"

星辉公主:"好的,将军!"

说着,星辉公主便启动了异能量追踪系统。

很快,系统便显示追踪结果:在金星的附近,有一股超强的黑洞能量流!

星辉公主:"洪崖兽将军,0078 号黑洞飞船在金星的附近以隐形模式停仃。"

洪崖兽将军:"很好,锁定它的太空位置,我们的巨型母船赶往那边。"

星辉公主:"周勇,你快去换太空服准备出发!"

周勇："好的!"

很快，周勇便走出了更衣间，只见他身着轻装 M5 能量太空服出来了。

星辉公主："周勇，准备好了吧?"

周勇："准备完毕，随时可以出发!"

星辉公主低头，按了一下自己太空服左边的一个按钮，只听"唰"的一声变形成了与周勇一样的 M5 能量太空服。

这时，那变小了身子的金龙却忽地从星辉公主胸前的口袋里钻了出来，朝星辉公主张扬着爪子，像是在同她说什么。

星辉公主微笑着问道："山子，你也想参加我们的这次行动吗?"

小金龙伸长了脖子，点了点头。

星辉公主："可是会很危险的，你不害怕吗?"

小金龙的眼里直闪烁着金光，目光坚定地摇了摇头。

星辉公主："那好吧，你同我们一起去执行任务吧!"

这时，在 0078 号黑洞飞船上，卡沙已进入了深度的休眠中。

卡沙因为怕飞船上的黑洞怪兽军捣乱，用遥控系统把它们关入了后面的休眠舱中。

而且开启的休眠舱的黑洞能量密码只有卡沙与古达知道。这样能保证那些黑洞怪兽军不会擅自行动。

可是，它们却不知道一场惊心动魄的偷袭行动正悄然临近。

隐形的"白矮星号"的巨型母船追踪着黑洞能量流，很快便靠近了 0078 号黑洞飞船。

只见身着 M5 轻装太空服的周勇与星辉公主忽地化成了两道

银光，从"白矮星号"巨型母船打开的舱门处飞窜而出，钻入了对面的0078号黑洞飞船。

对他们来说，也恐怕只有M5太空服所发出的超强M5能量，才能带着他们轻松穿越并进入0078号黑洞飞船。

隐身的周勇与星辉公主蹑手蹑脚地进入了0078号黑洞飞船的主控室。

发现古达靠倒在太空座椅上，进入了休眠状态。

周勇正要挥拳上前攻击古达，却被一旁的星辉公主一把拉住了，并用白矮星的心语阻止道："周勇回来，救叶兰要紧!"

而后，星辉公主从口袋里掏出了一个"光能催眠瓶"，打开瓶子，便见一些闪光的光能催眠分子直飞向沉睡的卡沙，并把它包围了。

而后，那些光能催眠分子慢慢地往飞船内的其他太空舱渗透，扩散而去。

星辉公主朝卡沙嘀咕道："邪恶的家伙，继续沉睡吧!"

星辉公主与周勇又蹑手蹑脚地往前走去。

隐身的星辉公主与周勇在0078号黑洞飞船内，身着M5能量太空服穿越了一间间的机舱，寻找存放叶兰的身体。

叮奇怪的是，他们穿越了好几间太空舱，都没有找到存放叶兰身体的器具踪迹。

周勇担忧诧异地说道："奇怪了，难道叶兰的身体没有存放在这艘飞船上?"

星辉公主："先别着急，我们再找找吧，我们好不容易才有个这么好的机会混进来!"

周勇："好的，继续找!"

他们又往前穿过了两间太空舱后，便来到一扇直往外弥漫着紫色的黑洞能量的太空舱。

星辉公主："这间太空舱内布下了黑洞能量防控系统，看来里面的东西对它们来说一定非常重要。"

周勇："那会不会是叶兰的身体被存放在这里面?"

星辉公主："嗯，有这个可能。"

周勇："那我们赶紧进去找找看!"

星辉公主摇了摇头，说道："但是，我们没法穿越这扇门进入。"

周勇："为什么？刚才不是都穿过好几道了吗?!"

星辉公主："黑洞能量是超寒的能量流，而我们白矮星人与你们地球的体温都是超高的，一旦进入，黑洞能量系统便会发出警报声，到时我们的'营救计划'就全泡汤了。"

周勇急得在原地直打转："那怎么办，我们总不能就此放弃吧，眼见着就能救出叶兰了!"

星辉公主："别着急，让我再想想!"

这时，小金龙从星辉公主胸前的口袋内探出了头直摇摆着。

星辉公主的眼前一亮，欣喜地轻声说道："有了!"

她低头问小金龙："山子，你要帮助我们吗?"

小金龙的眼里闪烁着晶莹的亮光，点了点头。

周勇在一旁担忧地嘀咕道："可是这舱门没法打开，它也没法进去呀!"

星辉公主："这倒是难不倒我!"说着，她伸手，朝前面的舱

门上画了一个圈。

只见一道圆光一闪，一个圆形的洞口呈现在他们的面前。

周勇："啊，有洞口了!"

星辉公主从身上掏出了一颗银色的闪光丸，扭头对小金龙说道："山子，这是一颗黑洞能量的解毒丸，你先吃下它，进入后就不会中毒了!"

小金龙乖巧地张嘴吞了下去。

星辉公主轻拍了一下小金龙的头，对它说道："好了，山子，你现在可以进去了!"

小金龙点了点头，而后又伸出舌头，依恋地舔了舔星辉公主的手背，便朝那个打开的洞口处飞钻而入!

隐形的星辉公主与周勇则守候在洞口前，焦急地等候着。

可是，过了好一阵子，也不见小金龙从里面出来。

这时，星辉公主与周勇都有些担忧。

星辉公主走到圆形洞口前，用心语朝里面急切地问道："山子，里面情况怎样了?"周勇也在一旁担忧地嘀咕道："它会不会是在里面遇到危险了?"

星辉公主："应该不会，地球神龙的身体是与蛇一样属阴性的，没有热能量便不容易被它们发觉。如果我猜得没错的话，它在里面一定看到了什么重要的东西，正在想法取出来。"

果真不出星辉公主所料，小金龙一进入便看到了一个很大的长方形的紫色大箱子。

它爬上了那个紫色的箱子，找寻打开箱子的按钮。可奇怪的是，那箱子的四周都找遍了，也没有找到开启的按钮。

小金龙急了，张嘴用力地去咬那箱子。可那箱子质地坚硬、冰冷，怎么也咬不开。

小金龙甚至感觉自己的牙齿也冰冷冰冷的，不由得打了一个寒战。

它不由得在心里嘀咕道："怎么办呢？打不开……"

"哦，有了……"这时，它灵机一动，突然想出一个办法。

只见它对着那个紫色的箱子摇了摇头，伸展着长长的尾巴把那个紫色的箱子卷住了。

而后，它便拖着那个箱子爬到了圆形的洞口前。

它先爬出了那个洞口。

星辉公主欣喜地："太好了，山子出来了！"

周勇："怎么样，小金龙，里面有什么东西吗？"

小金龙直朝他们点了点头，而后，又挥舞着龙爪扭头直指着洞口处摇头晃脑着。

星辉公主立刻明白怎么回事了："我知道了，你是告诉我洞口太小了，东西搁在洞内出不来，是吧？"

小金龙点了点头。

星辉公主又伸手在舱门上划了一个更大的圆圈。

只见一道银光一闪，舱门上便又打开了一个圆形的大洞来。

星辉公主与周勇这才清楚地看到，里面果真有一个密封的长方形的紫色箱子。

星辉公主："啊，那是什么？"

周勇却欣喜若狂："会不会是存放叶兰身体的箱子？"

星辉公主："山子，快去把它搬出来！"

　　小金龙又钻入了那个圆形洞口，爬到那个紫色的箱子前，变大了身子，用尾巴卷住了那个箱子飞窜了出来。

　　星辉公主望着那个紫色的箱子，想了想，说道："其他的地方都找遍了，没有。就看在不在这个箱子中了？我们赶紧带走它吧！"

　　说着，星辉公主朝那个紫色的箱子一指，只见一道银光一闪，那紫色的箱子便变小了，星辉公主抓起它放在了胸前的口袋里。

　　这时，小金龙也变小了身子，飞跃到了她的肩膀上。

　　她把小金龙也随手往胸前的口袋里一塞。

　　而后，她扭头吩咐周勇道："走，我们快离开这里！"

　　隐身的星辉公主与周勇便转身飞窜着，穿越了几扇太空舱门。

　　最后，身着 M5 能量太空服的他们飞钻过 0078 号黑洞飞船最后一扇太空舱门，飞窜到了外面的太空中。

第三十五章
卡沙的火星突袭计划

刚进入太空中，周勇与星辉公主切换到飞行模式，往上空中停着的"白矮星号"巨型母船飞去。

这时，正坐在监控系统前的洪崖兽将军见他们归来，打开了巨型母船底部的太空舱门。

一股 M5 能量流吸拉着下边的周勇与星辉公主往上边的舱口处飞窜而去。

他们刚一飞进飞船，洪崖兽将军关闭上了太空舱门，并快速启动了"白矮星号"巨型母船。

洪崖兽将军调转了"白矮星号"巨型母船的航向，往火星的太空航向飞去。

这边的 0078 号黑洞飞船上，卡沙仍处于深度休眠中。

刚才周勇与星辉公主飞窜出 0078 号黑洞飞船后，一不小心在黑洞飞船上留下了一条超细的洞隙，没有来得及合上。

这让 0078 号黑洞飞船的安全系统检测到了。

没多久，飞船的安全系统发出了警报，一阵刺耳的警报铃声把卡沙从休眠中惊醒了过来。

听到警报铃声，卡沙睁开了眼睛。

它双眼闪烁着阴森的紫光，条件反射地抬起头，坐直了身子，打开了面前的安全监控系统屏幕。

看到屏幕上的情景，它眼睛瞪得大大的，"哇"地惊呼了一声。

因为屏幕显示：有外星生物入侵！

卡沙打开飞船内的监控视频系统，但没有发现任何外星生物。

它急忙打开了警备系统，唤醒了后面的休眠舱中的怪兽军，并打开舱门，放出了它们。

0078 号黑洞飞船立即进入了紧急戒备状况。

那些怪兽军扛着黑洞能量枪，紧张地在飞船的每一间太空舱内仔细地搜索着。

卡沙坐在监控室中严密地监视着各间太空舱内的搜索情况。

突然，卡沙发现第 19 号太空舱的舱门上有圆形的洞口，这让它大吃一惊。

卡沙直惊呼："天哪，它们的目标竟然是那里！"

它发现那间太空舱门不但被切割出了一个圆形的大洞，而且，存放在里面的紫色箱子不见了。

卡沙："天哪，这次死定了！"

原来，那个紫色的箱子里装的就是叶兰的身体。

卡沙急得在飞船内走来走去，嘀咕道："怎么办？如果被 N 斯博士知晓，我们全完了！将被召回黑洞城堡销毁！"

这时，两名黑洞怪兽军走了进来，一脸惊慌地向它报告道："报……报告卡沙将军，19号太空舱内的009号贮物箱失踪。"

卡沙垂头丧气地："知道了，再去其他的太空舱中仔细搜！看看有没有入侵外星人，把它们抓住，快！"

怪兽军："是，将军！"

卡沙气得直拍击太空舱壁："一定是周勇与星辉公主他们干的！可是，他们不是被沙拉困在Gliese 163c行星上吗？又怎么会来这偷袭呢？"

想到这里，卡沙走到太空信息系统前紧急呼叫沙拉。

接通太空通讯视频后，卡沙气恼地问沙拉："沙拉，周勇与星辉公主现在怎样了？"

沙拉扭动着它那怪兽头，一脸得意的口气说道："他们还被我困在Gliese 163c行星上。"

卡沙："笨蛋，他们已回到太阳系了。"

沙拉："不会吧，我最近还搜索到过他们在Gliese 163c行星上的踪迹。"

卡沙："最近搜索到？不可能！你这蠢兽，我叫你盯死他们，你竟呆头呆脑的，又误大事了，还不赶紧去搜索！"

沙拉开启了太空追踪系统，打开了周勇与星辉公主的追踪信息链接……

沙拉看后直惊呼："啊！"

卡沙："情况怎样？快讲！"

沙拉："报告将军，他们竟然利用暗流能量开启了宇宙虫洞，飞离了Gliese 163c行星！"

卡沙："不仅如此，他们还来到太阳系，悄悄潜入我们的0078号黑洞飞船，把贮存叶兰身体的恒温贮物箱偷走了！"

沙拉："啊，那糟了！出大事了，N斯博上一旦知晓，定会把我们几个一起销毁了！"

卡沙："就怪你这蠢兽，先是丢了叶兰灵魂，现在又把周勇与星辉公主跟踪丢了！这下害得叶兰的身体又丢失，你得负全部责任！"

沙拉担忧惊慌地说道："N斯博士知道了吗？将军您……不会把我交给N斯博士处置吧？"

卡沙："我哪敢告诉他呀，那不是自寻死路吗？你留在那边也没用了，赶紧回太阳系去把叶兰身体夺回来！"

沙拉："将军，您确定他们去那里了吗？"

卡沙："我马上搜索'白矮星号'巨型母船的太空位置，然后通知你！"

沙拉："好的，我马上驾驶飞船赶往太阳系。"

关上太空通讯视频后，卡沙却又在心底自我安慰道："那只恒温贮物箱的密码，只有我知道，估计他们一时半会也打不开！只要他们打不开，不知里面是叶兰，就对我们暂时没损失！"

这时，N斯博士发来了太空信息："卡沙，任务完成得怎么样了？"

卡沙回复："一切按博士的计划进行着，已把周乐乐的朋友进行黑洞能量控制化了。"

N斯博士："很好！用叶兰的身体做实验，进行情况怎样？"

卡沙："一切正常，实验效果良好，继续实验中。"

这时，屏幕上不见N斯博士的回复，卡沙感觉后背凉兮兮的，仿佛感觉到了自己即将被销毁的冰冷气息。

它担心N斯博士已知晓真相。

还好，稍微停顿了片刻，卡沙便又收到了N斯博士发来的回复信息。

N 斯博士："很好，我等着你们凯旋的好消息！"

卡沙这才放下担忧。

关上太空视频后，卡沙开始在太阳系内搜索"白矮星号"巨型母船所在的太空位置。

可是，搜索了几遍都没有搜到。

卡沙又在太阳系内的几颗行星上轮流搜寻着。

首要目标是地球。其次是金星、火星、木星、土星……可是，搜了很久，也没有搜到。

这时，从火星上传来了微弱的"白矮星号"巨型母船的太空踪迹讯号。

卡沙不由得惊叹："他们怎么又去火星了？难道火星上有'白矮星号'巨型母船的基地？"

想到这里，它给沙拉急发了一封太空邮件："白矮星号"巨型母船已飞往火星，你火速带军赶往火星！

沙拉很快就回了太空邮件："将军，他们的战斗力比我们强，您还须多派一名怪兽援将！"

卡沙："好的，等确定后通知你！"

可是，这次卡沙有点犯难了，不知派谁去好。

因为它手下将士级别的怪兽军不多。

除了沙拉与古达，这次有能力去火星夺回叶兰的身体的黑洞怪兽将士还有一位，那就是超级厉害的突丹，突丹是 N 斯博士利用火星怪兽基因研发的黑洞怪兽将士。

此时，突丹在 0078 号黑洞飞船的最后一节机舱内沉睡，目的是为了防止它的黑洞能量流失，以备在需要的时候唤醒决战。

想到这里，卡沙按下了有着突丹怪兽将士编号的一个红色唤

醒按钮，把突丹给唤醒了。

很快，突丹铿锵地走到卡沙的面前问道："将军，请分配战斗任务。"

卡沙对突丹说："即刻飞往火星与沙拉会合，去火星上寻找'白矮星号'巨型母船，潜入敌方飞船，把贮存叶兰身体的紫色恒温贮物箱夺回！"

突丹点头行礼："是，将军！"

说着，突丹便驾驶一艘小型的飞艇飞出了 0078 号黑洞飞船，并把飞艇设置成隐形模式往火星飞去。

在地球悬崖上山洞中的黑洞基地内，古达正坐在一张黑洞能量充值座椅上休眠充值能量。

一阵刺耳的太空电子邮件提示铃声把它给惊醒了。

古达坐直了身子，抬起了头，左右扭动了一下戴着头盔的怪兽头，便按下了面前的红色按钮，接通了信息系统屏幕。

屏幕上显示着卡沙发来的紧急太空邮件：古达，火速把乐乐抓到金星上的飞船基地！

古达回复了邮件：将军，发生什么紧急事件了？

卡沙回复：一切正常，是 N 斯博士在催促我们的工作进度！

古达这才松了一口气，回复道：好的，我一定尽快抓到乐乐！

第三十六章
黑洞能量的反弹威力

卡沙不敢告诉古达叶兰身体失踪的事件。

主要有两个原因，其一，怕打击大家的士气。其二，怕此消息若被 N 斯博士知道，大家就会有被销毁的危险了。

而古达在接到卡沙的紧急命令后，着手加快下一步的行动计划。

它打开黑洞能量怪兽基因系统，开始利用黑洞怪兽基因配置一个新的怪兽基因。

在"嘀嘀"的进度提示音中，屏幕上显示出了齐齐的头像。

看来，这次齐齐又要遭殃了。

在地球山洞中的白矮星太空基地。

齐齐正沉睡在一只白矮星的银光闪闪的 M5 能量解毒箱内。

地崖兽将士守在旁边，只见它正操纵着 M5 能量解毒系统在

为齐齐解黑洞能量。

在箱子的上方，有一股银光闪闪的 M5 能量流正自上辐射而下从头到脚地扫描着齐齐的身子。

齐齐的眼睛微闭着，正处于休眠状态。

原来，齐齐自从中了黑洞能量后，便一直处于昏昏沉沉的状态。

黑龙兽国王利用黑龙能量施展能量疗法，帮齐齐去除了一部分黑洞能量。

之后，黑龙兽国王便疲惫不堪地到黑龙兽飞艇舱休眠、补充能量去了。

轮到地崖兽将士值班守护齐齐时，他把齐齐扛入了山洞中的太空基地，利用白矮星的 M5 能量解毒系统为齐齐解毒。

他把齐齐放在一个银光闪闪的 M5 能量解毒箱内，而后启动了 M5 能量解毒系统。

只见 M5 能量解毒系统屏幕上，显示齐齐体内紫色的黑洞能量正在慢慢地减少。

地崖兽将士欣喜地嘀咕道："解毒效果不错，看来再过三天，就能把齐齐体内的黑洞能量完全清除了。"

这时，只听见忽地"嘀哩"一声，地崖兽将士收到了星辉公主发来的太空邮件：有一个好消息要告诉你，我们在 0078 号黑洞飞船上找到一个可能装着叶兰身体的箱子，正在设法打开箱子证实。

还有一个不好的消息：如果箱中果真是叶兰的身体，卡沙它们可能很快会来偷袭地球，抓走乐乐，要挟我们交出叶兰的身体，因此，请保护好乐乐！

这让地崖兽将士既欣喜又担忧。

担忧的是，现在这时候，他与黑龙兽国王都没法抽身去保护乐乐。

欣喜的是，还好有小蓝龙与小黑龙随时守护在乐乐的身边。

但是，就以它们的力量对付强大的黑洞怪兽军，还是不够的。

所以，他必须加快齐齐的治疗计划。等去除掉齐齐体内的黑洞能量，自己就可以抽身去保护乐乐了。

突然，只见屏幕上一道奇异的紫色黑洞能量光一闪，齐齐体内的黑洞能量的曲线也一闪，而后，黑洞能下降的趋势曲线图也转换成了上升的趋势曲线图。

"糟了，齐齐体内的黑洞能量强势反弹了！"地崖兽将士增强了解毒的 M5 能量流，希望能把黑洞能量的反弹威力压制下去。

可奇怪的是，那条黑洞能量的上升趋势曲线非但没有被压制下去，反而更强了。

最后，地崖兽将士惊诧地发现黑洞能量流竟然扩散到了齐齐全身的每一处。

地崖兽将士惊呼："糟糕！"他只好继续加大 M5 能量流，企图把齐齐体内的黑洞能量压制下去。

突然，平躺在 M5 能量解毒箱内的齐齐睁开了双眼，从他那微睁的眼睛里可以看到两道锐利的紫色黑洞能量之光。

这时，他抬头望了望四周，见不远处坐着一个人，便伸出手朝地崖兽将士一挥掌，便见一股超强的紫色黑洞能量自齐齐掌心

中射出，击中了毫无防备的地崖兽将士。

"啊！"地崖兽将士惊呼一声，便被击得仰头靠倒在了太空座椅上。

"嘿嘿，我又得救了！我得去执行卡沙将军的任务了！"齐齐浑身上下闪烁着紫光，一脸漠然地从 M5 能量解毒箱内站起，嘿嘿地冷笑着出了那间石室。

此时已是晚上十点多钟了。

在乐乐家，乐乐的爷爷去外地办事了。

乐乐与小蓝龙、小黑龙吃过晚饭后，便睡觉了。

小蓝龙与小黑龙仍睡在宠物间里，可这次它们是轮流睡觉，留一个来守夜。

突然，正在宠物间床上打坐守夜的小蓝龙感觉有一股未知的能量流从十几公里外快速地朝他们这边冲击而来。

小蓝龙："啊，糟了，未知能量流！"

它从床上飞窜而起，往外面乐乐的房间飞窜而去。

突然，眼前有一道紫光一闪，齐齐从门外飞窜而入，站在乐乐的床前。

小蓝龙跳蹿到乐乐的床上，惊诧地问齐齐道："你要干什么？"

只见齐齐的双眼直逼射出紫色的光，它才知道齐齐的黑洞能量毒不但没有被清除，反而增强了！

齐齐："嘿嘿，你这小东西，别想阻挡我！"

说着，他伸手朝床上的乐乐抓去。

小蓝龙大声召唤道："小黑龙，快来保护主人！"

小黑龙从床上弹跳而起，飞窜到了乐乐的床上。

小黑龙用爪子擦了擦蒙眬的睡眼，指着面前的齐齐不解地问道："齐齐，这么晚了，你来这儿干吗？"

齐齐表情冷漠地冷笑着说道："嘿嘿，我来带走他！"

小蓝龙在一旁警觉地对小黑龙说道："齐齐体内的黑洞能量入侵的毒加重了！小黑龙，我们快准备应战！"

小黑龙一脸惊诧地："啊，那你早说呀！"

说着，小蓝龙与小黑龙一左一右地挡在乐乐的身前，厉声地说道："有我们在，你休想带走乐乐！"

齐齐眼冒紫光地瞪了小蓝龙与小黑龙一眼，说道："嘿嘿，你们要自讨苦吃，那我可就不客气了！"

说着，齐齐挥掌朝小蓝龙与小黑龙各击出了一股黑洞能量流。

小蓝龙与小黑龙感觉有一股巨大的黑洞能量朝自己冲击而来，各自身子一晃差点摔倒。

可它们一左一右地伸出爪子抓住了沉睡的乐乐的衣裳，把他拽住，并向上飞起。

顿时，飞扑而来的齐齐扑了一个空，没有抓着乐乐。

"哼！"齐齐冷冷地哼了一声，又飞身跃起，伸手去抓乐乐。

这时，乐乐被惊醒了，不解地揉着蒙眬的睡眼责怪道："大半夜的，你们不好好睡觉，瞎折腾什么呀？"

齐齐："乐乐，你快下来，跟我走，我带你去见你爸妈。"

小蓝龙："主人，你千万别信他的话，他已被黑洞能量化了，你一去可就危险了！"

小黑龙："乐乐主人，快准备应战！"

乐乐用手地擦了一把自己的双眼，而后，便飞身跃下，与齐齐在房间里激烈地对决了起来。

齐齐朝乐乐挥掌发射出一束束紫色的黑洞能量。

乐乐施展光能拳抵挡，但他又怕伤着了齐齐，所以，尽量左飞右跃地躲闪着齐齐的攻击。

"主人，别心软，他现在已不是齐齐本人了！是呀，只有打败他，才能拯救真正的齐齐！"小蓝龙与小黑龙轮番挡在乐乐的身前，挥爪朝齐齐各发射去一股蓝龙、黑龙能量流。

可齐齐却对此并不畏惧，他似乎只想抓走乐乐，所以他竟然迎着小蓝龙与小黑龙发射的能量流，飞扑向了乐乐的身子。

"啊！"突然，齐齐的身子像被超强能量流击中了似的，直颤抖着。

"哇哇"地大叫了几声之后，只见他浑身上下闪过一阵紫色的黑洞能量光。

而后，齐齐又挥掌朝乐乐与小蓝龙、小黑龙发射去了一束束紫色的能量流。

齐齐此时发射出的黑洞能量流冲击力巨大，把小蓝龙与小黑龙一下子击到墙壁上，"轰隆！"一声把墙壁震开了两条裂缝，它们被击飞到外面的客厅中去了。

小蓝龙："糟糕，他体内的黑洞能量又增强了！"

小黑龙："一定是古达它们给他遥感传输了黑洞能量。"

"啊！"乐乐也被黑洞能量流冲击得摔落到了地上。

乐乐还没来得及回过神来，齐齐便扑了过来，一把抓住了乐乐。

乐乐气恼地推搡着他:"齐齐,你要干吗?你疯了呀!"

齐齐阴沉着脸,瞪了乐乐一眼,用沙哑阴冷的声音说道:"我要带走你!"

乐乐:"你要带我去哪呀?"

齐齐冷笑着说道:"嘿嘿,带你去见卡沙将军!"

乐乐不解地问道:"卡沙将军是谁?"

齐齐:"卡沙是星际盟军的将军,是你爸妈的星际盟友!"

这时,小蓝龙与小黑龙一齐飞窜进来,小蓝龙厉声地制止道:"千万别去见卡沙,卡沙是黑洞怪兽军的头目!"

小黑龙:"别相信齐齐的谎言,就是卡沙它们抓走了你妈妈。"

第三十七章

开启黑洞贮物箱

乐乐一脸惊诧："啊，我妈妈……被他们抓走了？"

小蓝龙一脸难过地说道："是的，所以，你千万不能跟他走！"

乐乐："可是，妈妈被抓走了，我得去救她啊！"

而后乐乐扭头一脸焦急地对齐齐说道："你带我去见卡沙，我要去救我妈妈！"

齐齐伸手去抓乐乐："好的，嘿嘿，你快跟我走！"

说着，齐齐便紧拽着乐乐往门外飞窜而去。

小蓝龙在后面急得直蹦蹿："糟了，乐乐被骗走了！"

小蓝龙急得推了小黑龙一把，责备道："都怪你，告诉乐乐他妈妈被抓的事。"

小黑龙："我就说了一半……他咋就走了呢？唉，这地球人遇事也太莽撞了。"

小蓝龙："少废话，快去救主人要紧！"

它们飞窜着出门，准备往前追踪齐齐与乐乐。

这时，他们面前飞跃而下一个巨大的身子——黑龙兽国王，只见他一脸担忧地说道："我刚才感应到了超强的黑洞能量流，是谁来了？"

小黑龙："是齐齐来了，他把乐乐骗走了。"

黑龙兽国王："啊，你们怎么不阻挡他？"

小蓝龙："齐齐体内的黑洞能量又增强了，我们根本没法阻挡他。"

黑龙兽国王："这下麻烦大了，我先去救乐乐吧！"

说着，他飞身跃起化成了一股黑龙能量流，快速地往前飞窜而去。

往前飞了一段后，他便发现齐齐抓着乐乐的手正往前面的一座大山的悬崖上飞去。

黑龙兽国王所变的那股黑龙能量流赶紧高高飞窜而起，一下子到了齐齐与乐乐的上空中，而后凌空飞窜而下，直飞撞向了齐齐，一下子便把齐齐给撞出了老远。

乐乐还没明白是怎么回事，便感觉自己的身子被一股超强的黑色能量流卷走了："别带我走，我要去救我妈妈！"

这时，他的耳边传来了一个细微的声音："我是黑龙兽国王，你的妈妈已被救出来了。"

乐乐欣喜地说道："是吗？那太好了！"

而这时，在前面那悬崖上面的一个山洞中，古达垂头丧气地捶着石桌："唉，那个地球小毛孩就快到手了，又被夺走了！可恶的黑龙兽国王！"

它气恼地朝洞外伸手一抓，便见一股紫色的黑洞能量流呈紫色巨手状朝洞外飞窜向了摔落到山谷中一片茂盛的草地上的齐齐。

那股紫色的黑洞能量流如同旋风般地把齐齐卷走了。

齐齐的头昏昏沉沉的，只感觉耳边传来了一阵阴森恐怖的责骂声："笨蛋，到手的猎物又被你弄丢了！"

黑龙兽国王所变的黑龙能量流把乐乐带去了地崖兽将士居住的山洞太空基地。

当他抱着乐乐走进去时，地崖兽将士正昏坐在太空座椅上。

黑龙兽国王走向前去，朝地崖兽将士挥掌击去了一股黑龙能量流，地崖兽将士身子一震，苏醒了过来。

地崖兽将士扭头望了一眼身旁的 M5 能量解毒系统的解毒箱，见齐齐不见了踪影，焦急地惊呼："啊，齐齐不见了！"

黑龙兽国王："他走了，回黑洞怪兽军基地了。"

地崖兽将士："啊，难道我刚才没能帮齐齐清除完体内的黑洞能量？"

这时，小蓝龙与小黑龙也从外面奔窜了进来。

小蓝龙说道："这不能怪你，是齐齐体内的黑洞能量又增强了很多。"

小黑龙："是的，黑洞能量流已扩散到了他的全身，他已被它们完全控制了。"

地崖兽将士："那我们下一步该怎么办？"

黑龙兽国王想了想说道："现在齐齐在它们的手上，卡沙它们是希望我们去救齐齐。而后，乘机把乐乐抓走。所以，只要乐乐没事，它们便不敢对齐齐怎样。"

地崖兽将士："嗯……看来，我们暂时不能去救齐齐了。"

黑龙兽国王："是的，现在，我们还有一个更重要的任务要立即去执行。"

地崖兽将士："是不是关于叶兰的？"

黑龙兽国王："是的，贮存叶兰身体的箱子已被洪崖兽将军、周勇和星辉公主他们找到，可是没法打开它。"

地崖兽将士："那国王您有什么好的办法吗？"

黑龙兽国王："我觉得，我们可以用黑龙能量流与 M5 能量去试试，看看能不能打开它。"

地崖兽将士："嗯，这想法不错，那您立刻赶往火星基地吧！"

黑龙兽国王："嗯，我马上就走！"

小蓝龙："那乐乐怎么办？"

黑龙兽国王："乐乐还是留在地球吧！"

地崖兽将士："好的，您放心去吧，我们会保护好乐乐的！"

黑龙兽国王点了点头，说道："你们与乐乐今晚就住在这山洞基地中，记住，哪也别去！"

小黑龙："呵呵呵，我还以为我们也可以去火星呢。"

小蓝龙："小黑龙，你呀，就知道好吃、好玩。"

小黑龙望了黑龙兽国王一眼，接着说道："谁说我要去玩了，既然乐乐在这里，那我们也留在这里保护乐乐！"

"很好，我得赶去火星了！"黑龙兽国王朝大家挥了挥手，转身迅速往洞外走去。

刚出石洞外，黑龙兽国王便变形成了一股黑色能量流往上空中飞去。

原来，他是怕被黑洞势力监视到了他离去的行踪，怕黑洞怪兽军会过来偷袭，夺走乐乐。所以，他不敢变形出飞艇，而是以能量流的状态飞往火星。

可是，这一切是否能瞒得住狡猾的古达的严密监视呢？

在火星荒漠上空的"白矮星号"巨型母船内，从 0078 号黑洞飞船找回的那只紫色的长条形的箱子被放置在太空舱的正中央。洪崖兽将军与星辉公主、周勇正在绞尽脑汁地想办法开启那个箱子……

周勇急得围着那只紫色的箱子走来走去地说道："办法都试过了，怎么就打不开呢？"

洪崖兽将军："别心急，我们再想想别的办法！"

突然，坐在太空监控系统屏幕前的星辉公主惊呼道："不好，有外星生物的能量流朝我们的飞船方向飞来！"

洪崖兽将军："赶紧追踪分析那股能量流的类系！"

星辉公主快速地锁定了那股能量流，然后进行能量检测、分析、对比。

星辉公主："哦，原来是黑龙兽国王来了。"

众人舒了一口气，周勇直嘀咕道："他一定是有急事，要不然也不会不招呼就过来了。"

洪崖兽将军："赶紧打开飞船舱门迎接！"

星辉公主按下了开启飞船舱的蓝色按钮。

便见一股黑色的能量流冲注而入。

那股黑色能量流在太空舱内回旋了一圈后，便变形成了身着太空盔甲装的黑龙兽国王。

黑龙兽国王站在大家的面前："大家好，我来迟了！"

洪崖兽将军："欢迎你的加入啊，我们正遇上难题了！"

黑龙兽国王："得知你们已找回叶兰的身体，我特意赶来助一臂之力。"

洪崖兽将军："不知国王有什么好方法能打开此箱？"

黑龙兽国王："我觉得，是不是可以试试利用能量流去打开箱子？"

洪崖兽将军："嗯，这想法不错，准备启动能量系统。"

星辉公主启动了能量系统。

周勇与黑龙兽国王把那只紫色的箱子抬到了能量系统的辐射平台上。

而后，洪崖兽将军亲自上前开启了 M5 能量按钮。

便见一股蓝色的 M5 能量流从能量流的出口处喷射而出。围着那只紫色的箱子快速地运转着，越转越快，越转越快，后来，那旋转的 M5 能量流竟然把那只紫色的箱子卷了起来。

可是，那只紫色的箱子还是始终未能打开。

洪崖兽将军："唉，看来 M5 能量流的威力还差一筹，怎么办呢？"

黑龙兽国王走向前去几步，郑重地对洪崖兽将军说道："让我来助你们一臂之力吧！"

说着，黑龙兽国王挥掌朝能量系统传输器发射了一股黑龙兽能量。

黑龙兽能量流被注入能量系统后，很快就绕在 M5 能量流的外面快速地运转了起来。

两股能量流快速地运转着，发出了"咔嚓"的摩擦声。

继而，只听见"咔嚓"的一声巨响，平台上的那只紫色的箱子便被打开了。

第三十八章

注入灵魂救醒叶兰

　　大家凑向前去，见那箱子里装着的果真是叶兰的身体，只见她在里面平躺着。

　　叶兰苍白的脸上挂着牵念的表情，双眉紧锁，像是在思考什么似的。

　　"叶兰！"周勇悲喜交加地狂扑过去，准备握住叶兰的双手。

　　"等等！"洪崖兽将军在一旁急切地制止道。

　　周勇回过头来，一脸诧异地望着他："怎么了?"

　　洪崖兽将军解释道："叶兰的灵魂还没注入，你是没法叫醒她的。"

　　周勇急切地问道："那怎么办，您能帮她注入灵魂吗?"

　　洪崖兽将军："当然可以，不过得把她的身体放入灵魂注入系统才行。"

星辉公主扭头对周勇说道："周勇，你快把叶兰的光能聚魂瓶给我！"

周勇从胸前的口袋里掏出了叶兰的光能聚魂瓶，递给了星辉公主。

"快，抱起叶兰，跟我走！"星辉公主一接过叶兰的光能聚魂瓶，便吩咐周勇抱起叶兰跟她走。

周勇弯腰抱起叶兰的身体，跟着星辉公主走入了灵魂注入系统舱。

星辉公主吩咐周勇把叶兰的身体平放在灵魂注入平台上。

之后，星辉公主把叶兰的光能聚魂瓶插上去后，启动了绿色的注入按钮，把叶兰的灵魂注入了系统中。

继而，便见灵魂注入系统的红色、绿色、蓝色信号灯直闪烁着，灵魂注入系统发出了"嘀嘀"的声音。

随后系统显示：灵魂注入完毕。

周勇凑过去，紧张地盯望着平台上的叶兰，很是担心她醒不来。

平台上的叶兰还是一动不动的，周勇感觉自己的心"呼呼"直跳，似乎快跳出嗓子眼了！

周勇感觉那一刻是揪心地期望与担忧。

星辉公主在一旁安慰道："别心急，再等等……"

小金龙走过来，伸出舌头舔了舔星辉公主的脸，星辉公主轻拍了一下它的头说道："山子，快去那边的太空座椅上坐好，我现在有事要忙！"

小金龙乖巧地点了点头，便走开了。

又稍过了几秒钟，叶兰的手指动了动，而后，便迷糊地睁开了双眼。

只见她像刚睡醒似的望了望四周，突然，她的目光落到了周勇的脸上，吃力地露出了欣喜的微笑。

周勇凑上前去，欣喜轻声地说道："叶兰，你终于醒了!"

叶兰："是的……我……好像睡了很久，做了一些奇怪的梦……"

星辉公主也在一旁欣喜地说道："叶兰，你醒来就好了，可把周勇急死了!"

星辉公主说着，与周勇一起扶起了叶兰。

"啊!"可叶兰从平台上下来后，无法站稳，差点摔倒在地上。

一旁的周勇一把扶住了她。

叶兰焦急地惊呼："啊，我的双腿怎么没劲了!"

洪崖兽将军："叶兰，你在里面躺太久了，受黑洞能量的限制，全身的血液还未流通。所以，暂不能走路。"

叶兰仍焦虑地说道："啊……那我还要等多久才能走?"

洪崖兽将军："按地球时空区来说，你最少得二十四小时后才能自由走动。"

"哦，好的!"叶兰如释重负地舒了一口气。

周勇背着叶兰到了主控舱。

叶兰在一张太空座椅上坐好，感激地说道："谢谢大家这些日子来对我的营救与关照。"

洪崖兽将军："现在还不是说谢谢的时候，你被我们救出后，

卡沙它们肯定已开始在行动了。"

周勇："您的意思是，我们要做好战斗的准备？"

洪崖兽将军："嗯，我估计它很快就要赶到了。"

周勇焦虑担忧地说道："那我们现在该怎么办？"

洪崖兽将军："我们得赶紧分头行动！叶兰与周勇，你们赶紧乘隐形光能飞艇离开这艘巨型母船。"

说着，洪崖兽将军递给了周勇一个插件后说道："你们要去的地方，我暂不告诉你们，你们把这个插件插到光能飞艇的太空航控系统上，它会导航带你们去那个安全的星岛的！"

叶兰："那你们怎么办？"

洪崖兽将军："我们要留下来与黑洞怪兽军决战到底！"

星辉公主也在一旁急切地催促道："你们快走吧，再不走就来不及了！"

周勇点了点头，说道："那好，你们多保重！"

说着，周勇便抱起叶兰往巨型母船的光能飞艇太空舱走去。

星辉公主在他们的身后招呼道："周勇，照顾好叶兰，等我们打败黑洞怪兽军后，我就去接你们！"

周勇回过头来，应答道："好的，你们也要注意安全！"

星辉公主："放心吧，我会小心的，更何况，我还有山子帮我呢！"

周勇怀中的叶兰听到后，略带诧异地问道："周勇，山子是谁呀？"

周勇："这事说来话长了，山子是一条来自地球的小金龙，是星辉公主早年去地球旅游时认识的，也是她的男友。"

叶兰："啊，星辉公主有男友了？"

周勇："那当然了，而且，你还得感谢山子呢，就是它把你从黑洞飞船舱内救出来的！"

说着，周勇已抱着叶兰走到了停放光能飞艇的太空舱。

周勇走向了一艘打开着舱门的光能飞艇，他把叶兰抱上了飞艇。

他行动敏捷地插上了洪崖兽将军给他的航控导航插件。

而后，又设置了光能飞艇的隐形模式，便启动了光能飞艇。

很快，隐形飞艇便从"白矮星号"巨型母船中发射而出，飞离了火星。

叶兰靠坐在太空座椅上，因为身体还不能运动自如，所以她只好学着适应，往后靠倒在太空座椅上："想不到，我不在的这段时间，发生了那么多事呀？"

周勇："是的，还有很多更惊险的事，以后我慢慢讲给你听。"

叶兰："我被他们抓走后，这段时间辛苦你们大家营救我了。"

周勇伸手关切地握了握叶兰的手，说道："我们不辛苦，最辛苦的是你。"

这时，耳边传来了洪崖兽将军的叮咛声："周勇，加快光能飞艇至光速1000倍，千万别让黑洞怪兽军发现你们！"

周勇："是，洪崖兽将军，我们已飞出了火星，正在飞出太阳系。"

洪崖兽将军："很好，加速前进！估计黑洞怪兽军很快就会

来攻击这边的火星基地了。"

随后，周勇与叶兰便听到耳机中传来了洪崖兽将军吩咐大家准备战斗的声音。

叶兰在心里愧疚地说道："唉，要是我的身体不出这状况，就可以留下来与大家一起决战黑洞怪兽军了。"

周勇："别胡思乱想，大家好不容易才把你救出，可不能再让你又入虎穴。"

说着，周勇加快了光能飞艇的速度，这艘"白矮星号"隐形光能飞艇便如光箭一般地往前飞去。

第三十九章
火星上的超级大决战

在"白矮星号"巨型母船内，洪崖兽将军与星辉公主、黑龙兽国王各自身着能量盔甲装，做好了迎战黑洞怪兽军的准备。

洪崖兽将军通过巨型母船的外监控视频发现有两艘黑洞飞船已飞到了火星的领空，正往"白矮星号"巨型母船这边飞来。

洪崖兽将军："大家准备下飞船迎战黑洞怪兽军!"

众人："是!"

当众多星际勇士踏上火星的地面时，发现那两艘黑洞飞船已从上空中飞窜而下。

大家一脸镇定地做好了战斗的准备。

这时，上空中的那两艘黑洞飞船忽地俯冲而下，飞到了洪崖兽将军他们的面前。

黑洞飞船上闪过一道紫光，从一艘飞船上飞窜下来了两名身

着盔甲装的怪兽大将。

另一艘黑洞飞船上却飞窜下来了一群黑洞怪兽军。

为首的那名黑洞怪兽军将士是沙拉，它怪异地冷笑着说道："嘿嘿，在 Kepler－22b 行星上，你们是我们的手下败将，没想到又撞上了。"

洪崖兽将军："废话少说，你们想要怎样？"

沙拉："哈哈哈，你们害怕了吧？叶兰被你们救走了，我们这次来，希望你们能乖乖把她交回给我们！"

洪崖兽将军："叶兰本来就是我们的盟友，凭什么要交回给你们？"

沙拉略微停顿了一下，改口说道："不交叶兰也行，那你们回 Kepler－22b 行星，把巨型能量球乖乖地交给我们！"

星辉公主上前一步，气恼地说道："做你们的黑洞美梦吧！"

说着，她便飞身跃向了上空中，厉声说道："开始决战吧！"

洪崖兽将军飞身跃向了沙拉身旁的突丹，与它决战了起来。

沙拉与黑龙兽国王各自飞窜向了对方，开始了激烈的决战。

星辉公主从上空中飞落而下，她刚站到火星地面上，那群黑洞怪兽军便飞窜了过来，把她给团团包围了起来。

洪崖兽将军变形成了一只巨大的光能兽，飞扑向了突丹。

突丹摇摆了一下身子，变形成了一条巨大的怪兽虫。

这条巨大的怪兽虫浑身长着很多粗长的触须，这条怪兽虫每根触须，实际上都是一条小型怪兽虫。

那巨大的怪兽虫闪烁着一双紫色的暴凸眼，张嘴"呜"地怪叫一声，便朝光能兽旋风般地飞扑过去。

洪崖兽将军所变的光能兽张嘴朝那怪兽虫发射去了一股光

能量。

那怪兽虫只是略微躲闪了一下，便伸长了身上的一根触须，飞刺射向了光能兽。

洪崖兽将军以为它刺不着，便没有躲闪，可哪知那根怪兽虫触须竟刺入它的体内。

"啊！"光能兽感觉钻心的刺疼感传来。

更可恶的是，这根触须竟然钻入了他身体深处，咝咝地吸取着光能量。

"可恶的怪兽！"洪崖兽将军在心底惊呼一声，便飞起一脚把那条巨大的怪兽虫踢飞了，并随手拽出了那条钻入他身体的小怪兽虫，把它扔地上踩了几脚。

这时，那条巨大的怪兽虫又朝他这边飞扑了过来，光能兽就地打了一个滚，变形成了洪崖兽将军，手握光能剑飞跃着挥砍向了巨大的怪兽虫。

再说，左前方的不远处沙拉所变的六腿双尾褐鳄兽正与黑龙兽国王所变的黑龙兽张牙舞爪地决斗着。

六腿双尾褐鳄兽张嘴扑咬向了黑龙兽的脖子，黑龙兽腾跃而起躲闪而过。

而后，黑龙兽扭头俯身朝下面的六腿双尾褐鳄兽喷吐出了一股黑色的能量流，它把褐鳄兽击得直躲闪着。

六腿双尾褐鳄兽气急得一个扑腾，用锋利的尾巴剪扑向了黑龙兽的脖子。

黑龙兽一个翻滚，躲闪到了一旁，变成了身着金色盔甲装的黑龙兽国王。

它伸手一抓，便握着了一把金色的黑龙状怪兽剑，它挥动着

手中的金色黑龙剑，朝凶猛扑来的六腿双尾褐鳄兽挥砍而去。

只见一道道金光闪烁着，变成了一只只金色的黑龙兽，狂吼、咆哮着扑咬向了沙拉所变的六腿双尾褐鳄兽。

顿时，六腿双尾褐鳄兽便陷入了被金色黑龙兽群围攻的困境中。

黑龙兽国王腾空翻了一个筋斗，便往前面正决战的洪崖兽将军与巨大怪兽虫那边飞去。

此时，身着银色能量盔甲的洪崖兽将军已身受重伤。

只见他身上多处被怪兽虫的触须钻入，伤口处正往外流淌着银色的血液。此刻筋疲力尽的他单膝跪着地，艰辛地用光能剑支撑着地面，差点就要倒下了。

这时，巨大的怪兽虫已跳到他的身后，拱动了一下身子，又射来一根粗大的怪兽虫触须，朝洪崖兽将军的后背飞窜过去。

眼见着触须就要从洪崖兽将军的后背飞钻刺入……

黑龙兽国王从上空中飞跃而下，一把拉开了洪崖兽将军，而后，变形成了一只巨大的黑龙兽"呜哇——呜哇——"地狂吼着，与那条怪兽虫决战了起来。

在左前方的不远处，星辉公主与黑洞怪兽军在激烈地决战着。

星辉公主挥舞着手中的光能剑，挥砍向了从四周包围向她的那些黑洞怪兽军。

那些黑洞怪兽军被她击中后，闪过一道紫光，便一下不见了。

而在她旁边的不远处，一条身子巨大的地球金龙正朝黑洞怪兽军喷吐着熊熊的焰火！

那些黑洞怪兽军被烧得"嗞啦"地响着，呜呜地怪叫着化成了一道道紫色的黑洞能量光，不见了踪影。

很快，那些黑洞怪兽军便被他们消灭光了。

金龙驮着星辉公主正要起飞，却见上空中又出现了好几道紫色的黑洞能量光，他们正诧异，却见那些紫光在上空中汇聚到了一起。

而后，只见一道超强的紫光一闪，便变形出了一只超大的恐鳄兽！

星辉公主直惊呼："糟了，它又变形成大怪兽了。山子，你先下去与它决战，我变形出一艘战斗飞船来助战！"

金龙点了点头，便飞身下去扑咬向了那只巨大的恐鳄兽。

星辉公主飞身跃起，按下了能量腰带上的变形按钮，而后，便见一道银色的能量之光从能量腰带上射出，在上空中变形成了一艘"星辉号"光能飞艇，舱门打开着。

星辉公主飞身跃起，钻入了"星辉号"光能飞艇。

这时，下面的金龙与恐鳄兽已撕咬了十来个回合。

没多久，便见星辉公主驾驶着银色的战斗飞船来到了它们的上空中。

星辉公主用心语招呼金龙道："山子，快飞上来，我要发射能量弹了！"

金龙闻讯，飞身跃起。

星辉公主驾驶着光能飞艇飞到恐鳄兽的上空中，朝下面的恐鳄兽发射起了 M5 能量弹，只见一颗颗 M5 能量弹"簌簌"地射向了下边的恐鳄兽。

巨型恐鳄兽被击得"哇哇"大叫了好一阵，而后，便被击得

化成了一道超强的紫光不见了踪影。

星辉公主担心紫色黑洞能量光又会聚拢变形成一只更大的恐鳄兽，便把光能飞艇停在上空中，观察了好长时间。

当不见那紫光再次出现时，星辉公主用心语招呼金龙："山子，我们快去那边助战！"

当星辉公主与金龙飞往那边时，惊诧地发现，洪崖兽将军与黑龙兽国王正激烈地与巨型怪兽虫决战着。

洪崖兽将军身受重伤，身子东摇西晃地挥动着光能剑砍向巨型怪兽虫。

而黑龙兽国王身上的金色盔甲也被那怪兽虫的触须钻穿了几个洞来，其中的一根触须正钻入了它的侧腰身，企图吸取它体内的黑龙兽能量。

"啊！"黑龙兽国王一回头，挥剑砍断了那根触须。

那根断了的触须掉落到地上，直扭动着。

见此情景，星辉公主望了望下边那巨大的怪兽虫，气恼地嘀咕道："可恶的黑洞怪兽虫，看我怎么教训你！"

说着，上空中的光能飞艇内的她利用语音系统大声招呼大家道："黑龙兽国王、洪崖兽将军，你们还能撑住吗？"

黑龙兽国王与洪崖兽将军忍住剧痛，声音洪亮地答复道："能撑住……公主赶紧杀死它！"

星辉公主："那好吧，我们齐力一击，打败它！"

说着，她对大家说道："你们都变形成怪兽的模式，与金龙一起包围它，我在上面用M5能量弹扫击它！"

大家一齐道："好的！"

而后，金龙飞扑而下，张口朝怪兽虫喷吐出了一团团焰火。

276

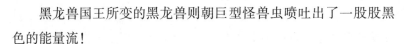

　　黑龙兽国王所变的黑龙兽则朝巨型怪兽虫喷吐出了一股股黑色的能量流！

　　而在巨型怪兽虫后面的洪崖兽将军所变的光能兽，则朝它喷吐去了一股 M5 能量流。

　　星辉公主驾驶着战斗飞船，把 M5 能量弹的追踪发射点瞄准了下面的怪兽虫的头部。

　　只见她一按下"发射"的按钮，一颗颗 M5 能量弹簌簌地射击向了那条巨大的怪兽虫。

　　在四面夹攻的情况下，巨型怪兽虫来不及躲闪，被击得在火星的地面上直打着滚。

　　最后，只听见"轰隆"一声，巨型怪兽虫化成了一股紫色的拱形浓烟。

　　大家松了一口气正准备离去，却见那股紫色的浓烟聚拢到一起，变形成了一只巨大的机器怪兽虫。

　　众人："啊！糟了！"

　　大家飞身而起，飞钻入了星辉公主打开舱门的"星辉号"光能飞艇，星辉公主驾驶着光能飞艇往前面不远处上空中停着的"白矮星号"巨型母船飞去。

　　"星辉号"光能飞艇刚一进入"白矮星号"巨型母船，星辉公主与洪崖兽将军便启动了巨型母船的能量战斗系统。

　　星辉公主不敢轻敌，启动了 M5 能量系统中残留的之前在 Kepler－22b 行星上复制的"型能量球"能量，发射向了巨型怪兽虫。

　　只听见"轰隆"几声巨响后，那只巨型怪兽虫被击得化成了一股股紫色的浓烟，在上空中弥漫着消散而去。

星辉公主坐在能量战斗系统前直欢呼："太好了，黑洞怪兽军全被歼灭啦，我们胜利了！"

黑龙兽国王："等一下，我刚才只是布了一个'金剑黑龙阵'困住了沙拉所变的六腿双尾褐鳄兽，还不知它被歼灭了没有？"

洪崖兽将军打开了巨型母船的遥望视频，扫描着刚才作战的火星地面。

果真，洪崖兽将军发现在他刚才作战的左前方不远处，有一只巨型的六腿双尾褐鳄兽正与一群金色的黑龙兽激烈地决战着。

洪崖兽将军："糟糕，果真还没被消灭！"

星辉公主请战："让我与山子下去消灭它！"

洪崖兽将军望了望疲惫不堪的大家，说道："不行，我们的能量都消耗很大，没法给你助战，还是用速战法，发射能量弹击灭它！"

黑龙兽国王："嗯，我也赞同洪崖兽将军的战略！"

星辉公主："那好吧！"

而后，洪崖兽将军便把 M5 能量的发射目标瞄准了下面正在"金剑黑龙阵"中突围的六腿双尾褐鳄兽。

只见一阵阵巨响过后，火星地面尘土飞扬，一片狼藉……